Escravo Submisso e outras histórias

Erika Sanders

Series
Coleção Dominação Erótica

Sinopse

Este livro consiste nas seguintes histórias:
  Escravo Submisso
  O desejo de Sandy
  Apocalipsex Zumbi

Escravo Submisso é um romance com forte conteúdo erótico BDSM e, por sua vez, um novo romance pertencente à coleção Erotic Domination, uma série de romances com alto conteúdo romântico e erótico BDSM.

(Todos os personagens têm 18 anos ou mais)

Nota da escritora:

Erika Sanders é uma conhecida escritora internacional, traduzida para mais de vinte línguas, que assina os seus escritos mais eróticos, longe da sua prosa habitual, com o seu nome de solteira.

Índice

ESCRAVO SUBMISSO E OUTRAS HISTÓRIAS

ERIKA SANDERS

ESCRAVO SUBMISSO

8

CAPÍTULO I

Onde diabos ela estava?

Foi o que pensei sentado a uma mesa para dois no refeitório de uma rua principal da periferia da cidade.

Eu já tinha tomado duas xícaras de café e já havia passado mais de uma hora do que havíamos combinado ontem e, caramba, eu precisava fazer xixi.

Sem saber se deveria ficar ou ir embora ou algo assim, finalmente me convenci de que havia sido rejeitado e decidi buscar ajuda.

Que porra de perda de tempo e isso é só mais um golpe no meu ego... aconteceu muito perto da outra vez, eu deveria ter pensado melhor, pensei enquanto me levantava da mesa e me dirigia ao banheiro masculino.

Nós nos conhecemos no chat outra noite.

Eu tinha criado uma sala com um tópico sobre como encontrar uma Dominatrix na área certa e depois de algumas horas Lucy entrou e começamos a conversar sobre o que gostamos e o que não gostamos na situação e no tópico.

Trocamos fotos... nada picante, apenas fotos nossas em trajes normais no início.

Gostamos do que vimos e decidimos nos encontrar na cafeteria esta manhã de sábado... na verdade bem cedo... às 6h15.

Lucy então me pede para enviar a ela uma lista dos meus limites... uma lista completa do que eu não faria e do que gostaria de fazer.

Ela também me fez enviar todas as minhas medidas para ela; tudo, desde o comprimento do meu pau quando estava ereto até o tamanho do meu sapato.

Mais tarde, ela me pediu para enviar fotos do meu pau normalmente pendurado e também com uma ereção completa.

Ele tinha feito tudo, mas caramba, ele acabou aqui no banheiro do refeitório.

Saí da cafeteria e fui para o meu carro, que ficava nos fundos do estacionamento, onde eu disse a Lucy que iria estacioná-lo e também dei a ela o número da minha placa ao mesmo tempo.

Quando abri a porta, a janela do lado do passageiro de um SUV preto estacionado ao meu lado começou a baixar.

" Pedro, é você?" uma voz feminina disse suavemente

Eu disse a ele que era eu.

"Sinto muito, mas eu tinha que ter certeza de que você era a pessoa que realmente disse que era."

Olhei para o motorista e meu coração começou a bater num ritmo fantástico.

Era Lucy e ela estava linda... com um casaco de couro e botas altas de couro.

Seu casaco de couro estava desabotoado na parte inferior, revelando coxas nuas e um pouco de couro acima delas, mas eu não tinha certeza do que era exatamente o couro, mas serviu ao seu propósito de me excitar.

"Onde diabos você estava? Esperei por você mais de uma hora." Deixei escapar enquanto olhava para as suas botas e sentia a minha pila começar a prestar atenção à situação.

"Agora Peter, apenas diga o que você sente. Se você ainda estiver interessado em me conhecer, você me seguirá até minha casa agora mesmo. Quando chegarmos lá, você irá para a garagem no espaço ao lado da minha casa." carro. Você entende aquele garoto?

Antes que ele pudesse responder, a janela se fechou e o SUV saiu do estacionamento e começou a se afastar.

Minha ereção morreu na hora em tempo recorde.

O que devo fazer, o que devo fazer?

Xingamento.

Entrei no meu carro e corri atrás dela esperando que não fosse tarde demais.

" Onde ela está?" Eu disse para mim mesmo ao me aproximar da saída... "Pronto, ele virou à direita; está indo para oeste."

Tentei acompanhar o ritmo e mantê-la à vista sem acelerar, pois essa estrada era conhecida por seus radares.

Eu o avistei quando de repente passou por uma luz âmbar que me forçou a parar e vê-lo desaparecer.

"Vadia... ele fez isso de propósito", gritei para ninguém.

Esperei que o semáforo ficasse verde pelo que pareceu uma eternidade, depois parti o mais rápido possível, acreditando que o havia perdido.

"Aí está ela, vá em frente." Gritei comigo mesmo... ela deve ter ficado presa no trânsito ou talvez tenha parado.

Segui logo atrás dela após essa parada e, alguns quilômetros depois, ela finalmente virou à direita em uma estrada secundária, conhecida por suas casas caras e excelentes vistas, já que eram terrenos à beira do lago.

Estávamos dirigindo em uma velocidade muito mais lenta.

Ele provavelmente não quer que os vizinhos percebam nada, pensei.

Aí ele virou à direita em uma estrada que tinha uma casa enorme no final e meu primeiro pensamento foi que eu estava perdido... mas ele foi até a garagem e abriu a porta antes que eu chegasse.

Ela deixou o carro do lado esquerdo e eu dirigi ao lado dela pelo lado direito.

Mal entrei na garagem quando a porta começou a fechar, desliguei o carro e saí.

Ela abriu a porta da casa principal e gesticulou para que eu a seguisse, o que fiz, mas com hesitação.

Limpei os pés num tapete, entrei em casa e fechei a porta atrás de mim.

Então me virei para olhar para Lucy.

"Você sabia que mora a oito quilômetros de mim..."

Tapa... tapa... tapa... ela deu um tapa forte em minhas bochechas.

"Como você ousa falar comigo daquele jeito? Você nunca mais vai me questionar, um pedaço de merda inútil como você! Você me entende, Peter?"

Fiquei chocado, não esperava por isso.

"Sim, eu acho."

Ele me agarrou pela frente da camisa... tapa, tapa... tapa.

Ela me bateu de novo e desta vez eu tentei me proteger e agarrei seu pulso... só por reflexo, mas percebi que era estúpido e rapidamente a soltei.

"Oh merda, estou ferrado", pensei e esperei que ela me dissesse para ir embora.

"De joelhos AGORA, Peter!" Ele disse em voz alta enquanto agarrava meu cabelo e me forçava a descer.

"Você ganhou uma pequena punição, escrava." Ela disse.

Ela me chamou de escrava e pensei que ela estivesse fazendo isso há 20 minutos.

Meus joelhos estavam juntos, minhas mãos estavam de cada lado, para me equilibrar, e eu estava olhando para ela.

Ela olhou para mim e depois me chutou com força onde meus joelhos tocavam.

"Abra esses joelhos, vadia!"

Eu fiz o que me foi dito.

Ela então colocou a ponta do pé direito no meu pau e pressionou com força.

"Não se esqueça de novo, Peter. Além disso, abaixe a porra da cabeça e olhe para o chão. Coloque as mãos nas coxas, com as palmas para cima, na posição adequada para um escravo.

"Você ganhou quinze chicotadas de escravo que receberá quando nossa sessão começar. Cinco são por ser insolente quando me perguntou onde diabos eu estava. Cinco são por responder incorretamente por não falar comigo com respeito e não me chamar de Senhora ou Senhora Lucy. Você vai. Você sempre vai fazer isso quando não estiver em público, ou seja, em um carro ou em uma casa... seja aqui ou em uma sala privada. Cinco é por me tocar sem aprovação quando ele agarrou meu pulso. Se você fizer isso de novo, você será punido além dos seus limites, pois devo me proteger. Você entende por que está sendo punido, Peter?

Olhei-a no rosto o melhor que pude e disse:

"Sim, eu entendo".

Ela me agarrou com força pelos cabelos e me olhou nos olhos.

"Serão mais cinco palmadas por me desobedecer, olhando para cima e mostrando desrespeito por não se referir a mim como Senhora. Você me entende, Peter?"

Baixando os olhos e a cabeça o melhor que pude, embora ela ainda me segurasse pelos cabelos, eu disse:

"Sim, Senhora Lucy, eu entendo."

"Ontem discutimos que você estava se tornando meu penitente e meu escravo sexual, e que precisava de treinamento. Correto, Peter?"

"Sim, senhora, está correto."

"Você afirmou que seus limites não eram adolescentes ou menores, sem sangue, sem alfinetes, sem agulhas, sem marcas permanentes. Está correto, Peter?"

"Sim, senhora, está correto."

"Você se limpou esta manhã com o método de enema rápido que discutimos?"

"Sim, Sra. Lucy, fiz exatamente como você me disse."

"Você ainda está interessado em se tornar meu enlutado e escravo sexual, Peter?

"Sim, senhora, mais do que nunca."

Então ele soltou meu cabelo enquanto olhava para o chão.

Sinto que acabei de pular no fundo da piscina e não aprendi a nadar.

"Bom, vamos ver se você consegue ser treinado. Levante-se e esvazie todos os bolsos, tire o relógio e os anéis e coloque tudo na mesinha!" que ela apontou. "Então tire os sapatos e coloque-os no chão ao lado da mesa."

Fiz tudo o que ele me disse o mais rápido que pude e como era minha primeira chance, dei uma olhada pela casa.

Ficava no salão principal, não muito longe da escada que levava ao porão.

Olhei para a Dominatrix sem fazer contato visual e vi que ela ainda estava com seu casaco de couro e botas.

Deus, ela é ainda mais linda do que a foto que ela me enviou.

Cabelo loiro escuro curto com franja nos olhos, mal posso esperar para descobrir como é o resto dela, pensei.

"Agora Peter, você vai tirar toda a roupa para uma inspeção; mãos atrás da cabeça, cabeça baixa e pernas bem afastadas. AGORA sua maldita vadia, amanhã não!"

Tirei a roupa o mais rápido que pude e fiquei nu para me inspecionar.

Ao olhar para baixo, observei enquanto a minha pila começava a crescer em antecipação à concretização dos meus sonhos.

Deus, como eu gostaria que ele me fizesse gozar agora, pensei.

"Quando eu disse que queria suas pernas bem afastadas, eu quis dizer isso. Agora, abra suas pernas. MAIS LARGA! Seu idiota, idiota. E você pode esquecer de ter um orgasmo a qualquer momento no futuro próximo, escravo. Eu serei o apenas um para determinar quando você conseguirá um."

"Sinto muito, senhora... sim, senhora", eu deixei escapar e olhei para o meu pau duro.

Então ele tirou minhas roupas e caminhou lentamente ao meu redor.

Primeiro ela beliscou um mamilo e depois beliscou a cabeça do meu pênis, apertando-o com força enquanto gemia com os dentes cerrados.

Ela riu enquanto me testava várias vezes.

"Agora, escravo Peter, você vai recolher todas as suas roupas e descer até o porão. Abra a primeira porta à direita, entre e feche a porta. Não acenda nenhuma luz... Ali, no centro de Na sala, você encontrará uma sacola esportiva com instruções em cima. Vá direto até a sacola, leia as instruções e siga-as exatamente. Você tem 20 minutos para concluir esta tarefa e estarei observando cada movimento seu com a câmera. Você entendeu Pedro?"

"Sim, Sra. Lucy, eu entendo."

"Então vá, garoto, você já usou 20 segundos."

O mais rápido que pude, juntei minhas roupas, desci correndo as escadas, abri a primeira porta à direita, entrei e fechei-a atrás de mim.

"Em que diabos eu me meti, estou realmente ferrado."

Sim, definitivamente pulei em um abismo profundo.

CAPÍTULO II

Não era para ir tão rápido, pensei comigo mesmo, enquanto me certificava de que a porta estava fechada.

Encostando a cabeça na porta, fechei os olhos e me perguntei se isso realmente estava acontecendo.

Um profissional de 40 anos, como eu, divorciado, estava finalmente realizando sua fantasia.

Fui apresentado a um mundo completamente novo.

Ali, no centro da sala, com um único holofote brilhando no teto, havia um tapete preto com uma bolsa esportiva em cima, na verdade uma bolsa Nike.

Aproximei-me rapidamente dela e senti o frio do chão de concreto em meus pés.

Talvez ele estivesse em sua masmorra.

No topo da sacola havia um pedaço de papel dobrado com um bilhete escrito: "Escravo Peter", eu, mas como ele sabia que eu estaria aqui?

Peguei o bilhete e comecei a lê-lo.

Escravo Pedro

Vadia, você vai ficar de joelhos agora mesmo para ler esse bilhete.

Siga exatamente as instruções e seja rápido, pois seu tempo está se esgotando.

Ajoelhei-me rapidamente e olhei em volta, mas não havia luz no resto da sala; apenas a luz brilhando sobre mim enquanto eu lia o bilhete.

1. Empilhe cuidadosamente suas roupas ao lado da sacola.

2. Tire tudo da bolsa e coloque suas roupas dentro dela.

3. Coloque a gola, certifique-se de que está bem apertada e trave-a.

4. Coloque o arnês e prenda todas as fivelas e o anel do martelo. Eles devem estar todos apertados.

5. Aperte os punhos e tornozelos e prenda com um cadeado. Cada um está marcado onde deve ir e deve ser bem ajustado.

6. Prenda as algemas dos tornozelos junto com a corrente de 6 polegadas e os cadeados.

7. Fivela na mandíbula. É uma mandíbula de largura aberta e deve ser bem apertada.

8. Verifique a área e coloque dentro da sacola tudo o que não usou.

9. Coloque a venda e aperte bem!

10. Trave as algemas de pulso juntas.

11. Assuma a posição de escravo e aguarde.

Ao ler o bilhete, caí de joelhos enquanto tentava localizar cada item da sacola e, finalmente, frustrado ao tentar localizá-los, simplesmente joguei a sacola na minha frente.

Quando vi tudo, acreditei de verdade que outros viriam, pois tudo isso não poderia ser só para mim.

De repente, de um alto-falante diretamente acima de mim, veio sua voz, alta, profunda e pesada.

"VOCÊ TEM 15 MINUTOS RESTANTES."

Esse lembrete desencadeou o pânico dentro de mim e eu rapidamente juntei minhas roupas, joguei-as na bolsa e fechei-a.

Depois vasculhei a pilha de tiras de couro até encontrar a gola.

Droga, é uma coleira de punição.

Olhei para a gola preta grossa de dez centímetros de altura e me perguntei como iria colocá-la, até que percebi que havia um pequeno cadeado aberto que passava por um orifício no pino extralargo da fivela.

Agora entendi como deveria ser usado e removi o cadeado.

Levantando a cabeça, coloquei-o em volta do pescoço de forma que a abertura ficasse atrás e uma argola em D na frente e prendi-o em uma posição confortável.

Em seguida, coloquei o cadeado no orifício e tranquei-o.

Pronto, aquela maldita coisa está parada, pensei.

Que segue?

Felizmente, passei algum tempo pesquisando o tema brinquedos de dominação e vi vários arneses anunciados online, então consegui localizá-los rapidamente e, depois de segurá-los por um momento, decidi que era um arnês para o torso.

O mais rápido que pude, determinei a frente por trás, joguei-o em volta de mim de modo que os anéis principais ficassem na parte de trás e a maioria das fivelas de ajuste na frente.

Felizmente, as duas tiras que passavam em cada lado do meu pescoço estavam soltas e isso ajudou a posicionar a frente por trás, junto com o fato de que o anel peniano também estava pendurado na frente.

Essas duas alças se encontravam em um anel na frente e atrás, logo abaixo dos meus seios.

A partir desta, uma única alça levava a outro anel no topo dos meus quadris e deste anel na frente, outra alça segurava o anel peniano com a alça presa por baixo.

Os anéis frontal e traseiro seguravam as tiras para conectar os lados da frente para trás.

Depois de alguns segundos jogando e virando, decidi conectar as alças laterais do anel sob meus seios e afivelá-las até ficarem apertadas, mas não muito apertadas.

Em seguida, repeti o mesmo com as alças laterais nos quadris.

Isso estava começando a ser difícil porque esse cinto de pescoço mantinha minha cabeça erguida e eu não conseguia ver bem o que estava fazendo.

O anel peniano era o próximo e eu sabia que teria que ser feito apenas sentindo-o, sem poder olhar.

Deus, eu gostaria de ter exagerado as medidas do meu pau quando Lucy pediu por elas.

Não me cai tão bem agora e não esperava que houvesse um problema até conseguir segurar o anel peniano para poder vê-lo.

Droga, é minúsculo!

Como vou levar minhas peças para lá?

Peguei uma bola de cada vez e tive sorte porque meu pau estava solto na hora e consegui apertar a haste pelo espaço restante.

Um pouco de lubrificante teria ajudado, mas não havia nenhum.

Apertei a alça do anel peniano no anel do quadril e depois peguei a alça restante do anel peniano, colocando-a entre as pernas e a parte de trás do quadril nas costas e depois, com os braços atrás de mim, abotoei o melhor que pude.

Assim que fiz isso, comecei a ter uma ereção e o resultado foi que a dor na base do meu pau e das minhas bolas foi surpreendentemente fantástica.

Em seguida, apertei cada alça e repeti o processo indefinidamente até sentir que estavam tão apertadas quanto precisavam estar.

Todo o processo manteve meu pau ereto até o momento em que foi concluído.

A voz de Lucy veio do alto-falante do teto novamente e ela parecia mais dominante do que antes.

"ESRAVO, VOCÊ TEM 5 MINUTOS RESTANTES."

"Não, isso não é possível, senhora. Não pode ser." Eu protestei.

"VOCÊ TEM 5 MINUTOS. PRESSA."

O mais rápido que pude, me posicionei e travei os pulsos e tornozelos, apontando onde cada um deveria ficar.

Então encontrei a corrente e prendi-a nas algemas do tornozelo com cadeados presos aos anéis D em cada algema.

Tudo isso não foi tarefa fácil, já que a maldita coleira de punição limitava minha visão.

Então a piada!

Era de couro grosso e tinha uma grande abertura para meus lábios e dentes passarem.

Quando tentei pela primeira vez, pensei que devia haver um erro, porque não consegui colocar a boca sobre o anel saliente na primeira tentativa.

Tentei novamente e enfiei os dentes no anel, mas foi dolorosamente desconfortável.

Abotoei-o com força para garantir que não saísse.

Deus, o buraco era grande o suficiente para um bom membro, mas eu esperava nunca recebê-lo. Por que não coloquei isso na minha lista de limites?

Depois de encontrar a venda, peguei tudo, coloquei na bolsa e fechei.

Prendi a venda e, no momento em que a prendi, o alto-falante do teto ganhou vida.

"SEU TEMPO ACABOU. AGORA VOCÊ É MEU ESCRAVO."

Oh merda, esqueci de travar meus pulsos, gritei na mordaça.

Desesperadamente, encontrei a bolsa, abri-a e, depois do que pareceu uma eternidade, encontrei um cadeado aberto.

Rapidamente, mas com dificuldade e devo ter levado 2 minutos ou mais, consegui amarrar as algemas nas costas.

Então me ajoelhei em total submissão, com os joelhos afastados.

Oh não! Eu não fechei a bolsa.

Ajoelhei-me ali pelo que pareceu ser o tempo mais longo do mundo enquanto ouvia a porta abrir e fechar.

Não houve nenhum som; não disse nada.

As botas estalaram no chão e eu sabia, pelo movimento do ar sobre meu corpo e pelo cheiro do perfume dela, que ela estava perto.

Deus, cheirava fantástico.

Fazia anos que não tinha uma mulher assim tão perto de mim.

Eu podia ouvir o couro de suas botas, pensei e imaginei que ele estava inspecionando a bolsa.

Eu podia sentir o cheiro do couro que ele usava e comecei a ficar animado quando me ajoelhei em submissão.

Plop!

"Agrrrrrrrrrrr", gemi depois de receber um chute nas bolas que doeu mais do que qualquer outra dor que já senti na vida.

A dor inesperada forçou meus joelhos a se fecharem.

"Você me desobedeceu, seu pedaço de merda inútil. Abra esses joelhos AGORA!"

Obedeci lentamente e afastei os joelhos esperando receber outro golpe, mas nada aconteceu.

Murmurei na mordaça um indistinguível "Desculpe, senhora".

"Você me decepcionou, Peter. Você falhou em sua primeira tarefa e, como resultado, não receberá sua surra até a festa desta noite e ela será triplicada."

Festa? Que diabos você está falando?

De repente pensei e Lucy deve ter percebido minha preocupação por causa de algum movimento do meu corpo.

"Vou convidar alguns dos meus amigos esta noite. Você quer comparecer como meu escravo, Peter? Você será a atração principal; na verdade, esta noite, você será a única atração. Bem, você está interessado ?"

Eu estava tentando absorver todas essas novas informações quando... um tapa... sua mão pousou na minha bochecha esquerda.

Droga, isso dói.

"Eu te fiz uma pergunta, Peter. Você está interessado? Se não, seu serviço termina agora mesmo!"

Da melhor maneira que pude, balancei a cabeça para indicar que estava interessado e murmurei na piada:

"Por favor, deixe-me ir à sua festa, Senhora Lucy."

"Tudo bem Peter, você terá permissão para ir para casa e se preparar para a festa, mas primeiro temos algumas coisas para cuidar aqui e agora. Você não seguiu muito bem as instruções, não é? Você não saiu qualquer brinquedo para a nossa sessão, seu colar é "Eu me soltei e estou com muito tesão. Puta muito ruim porque pretendo ser muito duro com você esta noite por causa disso."

Ele então me agarrou pelos cabelos e puxou minha cabeça para trás, a ponto de eu poder imaginar que ele estava olhando para meu rosto amordaçado e vendado.

"Em alguns minutos, minha puta, você não será mais tão desobediente", disse ele com uma voz profunda e autoritária.

Eu sabia o que ele queria dizer e me ajoelhei em silêncio depois que ele soltou minha cabeça.

"Primeiro, devo ensiná-lo a sempre respeitar e obedecer à sua Senhora."

O som de suas botas indicava que ele havia se afastado e logo ouvi algo se arrastando em minha direção.

Então eu a senti ao meu lado e também senti algo se mover na minha frente.

Sua mão estava na parte de trás da minha cabeça desfazendo a venda que lentamente se soltou e eu pisquei várias vezes me adaptando à luz.

Na minha frente estava a lateral de um banco de madeira preta que devia ter um metro e meio de comprimento e um tampo de couro preto acolchoado com cerca de sessenta centímetros de largura.

A sala agora estava totalmente iluminada e quando olhei em volta notei todos os itens de couro e chicotes pendurados nas paredes e todas as correntes e cordas penduradas no teto.

Quando virei minha cabeça mais para a direita, lá estava ela.

Oh merda, ela é tão linda, pensei.

Ela ainda usava botas de couro preto, mas usava apenas um pequeno espartilho de couro preto que cobria a área dos quadris até logo abaixo dos seios, e um par de luvas de couro preto.

Imediatamente comecei a endurecer.

"Levante-se, escravo, incline-se sobre o banco", ordenou ele.

Honestamente, tentei me levantar, mas estava rígido por causa de todo o tempo que passei de joelhos e as correntes nos meus tornozelos tornaram isso impossível.

Não importa o quanto ele tentasse, ele sempre caía de joelhos ou caía para um lado ou para outro.

"Oh, merda", ela gritou e eu sabia que ela estava com raiva pela expressão em seu rosto e pelo tom de sua voz.

De repente, ele pareceu pular e agarrou o anel na frente do meu pescoço.

Droga, isso doeu, disse a mim mesmo enquanto me levantava abruptamente e subia no banco, chutando os tornozelos ao fazê-lo.

Quando eu gemi, tudo o que ela disse foi:

"Acostume-se, garoto! Esta noite será pior."

Depois de me jogar no banco, ele me amarrou com uma corda desde o anel em meu pescoço até um ilhó na parte inferior do banco, de modo que da cabeça aos ombros eu ficasse curvado sobre o banco.

Pelo canto do olho direito, pude ver Minha Senhora pegar uma tira de couro que estava pendurada na parede com muitas outras tiras.

Tinha uns sete centímetros de largura e não era muito grosso, e fiquei grato por não ser a corda do barbeiro que ainda estava pendurada na parede.

Tapa... tapa... tapa.

Ela jogou a alça contra minhas nádegas pelo que pareceu uma eternidade.

Quando tentei me mover para escapar da restrição, ela me segurou com os pulsos algemados e levantou meus braços para impedir meu movimento.

Finalmente ele terminou e sua mão acariciou minhas nádegas enquanto se inclinava e lambia meu ombro.

"Você deve sempre me obedecer, Peter. Você entende?"

Murmurei um Sim AMA na minha mordaça enquanto ele se movia em direção à sacola esportiva no chão.

Depois, olhando através dele e pensando no que procurava, tirou um cinto de couro que tinha um vibrador preto.

Observei enquanto ela rapidamente o segurava em volta da cintura e entre as pernas até que parecesse seguro e no lugar certo.

Então ela caminhou lentamente para frente e para trás, certificando-se de que eu pudesse ver o que iria acontecer e ficou na minha frente.

Levantando minha cabeça pelos cabelos, ele guiou o vibrador até minha mordaça.

"Escravo, escolhi o menor vibrador que tenho para te foder. Espero que você aprecie meu gesto. AGORA, chupe para que fique preparado e molhado. Também usarei um lubrificante para que você possa aproveitar esse momento, nosso primeiro juntos."

Enquanto ela lentamente colocava o vibrador no buraco da mordaça, tentei contê-lo com a língua o melhor que pude e depois circulei para umedecê-lo.

Chupá-lo estava fora de questão, mas ele sabia que seria uma exigência no futuro; talvez até esta noite.

A senhora então tirou o brinquedo da minha boca e se levantou, onde abriu a corrente nos meus tornozelos e abriu minhas pernas até que pensei que iria me partir em dois.

Então senti suas mãos enluvadas desfazendo a tira que passava entre minhas pernas.

Ela abriu minhas nádegas enquanto entrava lentamente em meu território inexplorado.

"Ah, sim", ele gritou repetidamente enquanto se empurrava para dentro de mim e então começou a me foder de verdade agora com uma mão em cada um dos meus quadris.

Eu não tinha prestado atenção nisso antes, mas agora percebi que meu pau estava duro e estava sendo esfregado no banco enquanto meu amante me fodia.

Ela também notou meu crescimento e uma mão foi até meu pau apertando-o com força.

"Oh, seu brinquedinho. Vai agradar a todos nós esta noite, mas lembre-se, se você gozar, terá que lambê-lo. Oh, sim, putinha, porra, oh, que bom."

Então, depois de alguns minutos, ele saiu de mim e segurou meus ombros enquanto descansava a cabeça nas minhas costas.

A respiração dela estava muito rápida e ele sabia que ela estava feliz.

"Você é meu Peter, todo meu, nunca me deixe. Estive procurando por você minha vida inteira."

Depois que ela me desamarrou, me ajoelhei diante dela e observei enquanto ela destrancava e tirava tudo que eu havia trazido como escrava.

Quando fiquei completamente nu, assumi a posição de escrava e observei ela ir até outro armário e tirar uma bolsa de veludo preto.

Ela voltou e ficou na minha frente.

"Peter, esta bolsa contém tudo que você deve usar esta noite. Você não deve usar mais nada a partir do momento em que sair de casa e seu carro será revistado para garantir que você obedeceu . para a festa, mas você nunca saberá, então você deve estar avisado: você não deve abrir a mala antes das 17h e deve entrar na garagem exatamente às 18h, olhar em frente e esperar lá até que alguém venha buscá-lo. Agora você vai se vestir, ir para casa, descansar, fazer uma refeição leve e limpar o corpo por dentro antes de se vestir para a festa. Ah, e outra coisa, você não vai só raspar o rosto, mas também o resto do corpo ... Só são permitidos os cabelos do topo da cabeça, as sobrancelhas e os cílios. Você entende o que é exigido de você meu escravo ou tenho que me repetir?

"Eu entendo Senhora Lucy."

"Tudo bem, Peter. Agora levante-se."

Obedeci e de repente ela estava perto de mim.

Eu podia sentir aqueles seios fantásticos no meu peito; Seu calor era encantador e seu gesto totalmente inesperado.

Ele gentilmente colocou a mão atrás da minha cabeça e a trouxe até a dele até que nossos lábios se encontraram e então se separaram enquanto nossas línguas duelavam e ficamos nos braços um do outro enquanto nossos corpos tentavam se tornar um.

Enquanto ela se afastava, ela percebeu meu pau em posição de sentido e sorriu.

"Oh, Peter, só mais uma coisa. Nunca brinque consigo mesmo sem permissão! Agora vá se preparar para a festa."

CAPÍTULO III

Olhei meu relógio novamente pelo que parecia ser a milionésima vez na última hora e finalmente percebi que estava quase na hora de abrir a bolsa.

Tudo foi feito conforme ordenado por Lucy.

Da casa dele até a minha eram apenas oito quilômetros de carro, o que foi surpreendente, já que nunca nos tínhamos visto antes.

Foi nosso primeiro encontro na vida real que foi muito além do que eu esperava e eu sabia que estava apaixonado por ela e que ela me deixaria fazer o que eu quisesse com ela.

Deus, eu estava com tesão , mas sentei lá e tentei obedecer sua ordem de não brincar comigo sem sua permissão.

Normalmente, depois da manhã que acabei de passar, minha mão direita estaria brincando com tudo, mas isso não seria agora.

Ali, finalmente, eram cinco da tarde e desamarrei o cordão da parte superior da bolsa de veludo preto que a senhora me dera.

Meu batimento cardíaco pareceu dobrar em antecipação ao que eu tinha que encontrar e fechei os olhos enquanto enfiava a mão na bolsa.

Senti a frieza do metal e o calor do couro e da borracha enquanto minha mão agarrava tudo que estava na bolsa e jogava na cama.

Ali na cama estava tudo o que eu deveria usar naquela noite, que consistia em uma coleira, um pequeno arnês e um tubo de lubrificante com plug anal.

Graças a Deus era pequeno, pensei quando vi.

Imediatamente comecei a me vestir pegando o colar e determinando como achava que deveria ser usado.

Era semelhante ao que eu tinha no início do dia, exceto que tinha apenas cinco centímetros de altura e três argolas em D presas: uma na frente e outra em cada lado.

Tinha um cadeado aberto preso e sabendo como funcionava, coloquei-o imediatamente e apertei o máximo que pude sem me estrangular, e depois amarrei e fechei o cadeado olhando no espelho para não cometer nenhum erro .

Então olhei para o arnês em várias posições e finalmente descobri.

Eu manteria tanto o plug anal no lugar, quanto minhas privações, já que aquele maldito anel peniano estava lá novamente.

Fiquei na frente do espelho completo do meu quarto e percebi que, como havia raspado todos os meus pelos pubianos, meu pau tinha o dobro do tamanho, mesmo quando estava pendurado ali, mole.

Coloquei um sorriso no rosto e esperei que Minha Senhora também ficasse feliz quando me visse novamente.

O arnês era semelhante ao arnês que ele usara no início do dia.

Deveria ser usado na altura do quadril e tinha duas tiras dobráveis de cada lado que se conectavam a um anel de metal na frente e nas costas.

Prendi essas tiras com segurança e depois fui para a parte difícil, empurrando primeiro minhas bolas e depois meu pau através daquele maldito anel que eu sabia que Lucy havia colocado muito pequeno.

Quando os coloquei no ringue, olhei no espelho novamente e pensei como aquilo parecia bom.

Deve ser o hit da festa.

Os meus joelhos começaram a tremer um pouco enquanto pensava no que tinha de fazer a seguir, uma vez que seria a primeira vez que usaria um tampão anal.

Peguei o lubrificante e coloquei o suficiente na ponta para esfregá-lo imediatamente na bunda e na abertura inicial.

Depois coloquei o máximo de lubrificante que pude no plug e abri as pernas, agachei-me um pouco e coloquei lentamente na minha bunda.

O plug tinha uma base plana que o impedia de me sugar completamente e o excesso de lubrificante escorria ao redor dele.

Foi mais fácil do que eu pensava e peguei um lenço de papel e limpei o excesso de lubrificante antes de remover a tira do arnês do anel peniano entre minhas pernas e prendê-la no anel traseiro.

O arnês tinha uma bolsa para o plug anal, mas como percebi tarde demais, apenas deixei enrolado no plug anal e torci para que ele o mantivesse na minha bunda com tudo bem apertado.

Verifiquei a hora e percebi que era hora de ir embora e foi então que percebi que iria dirigir quase nu e disse a mim mesmo para não infringir nenhuma regra de trânsito ou teria que me explicar.

Eu esperava que ninguém passasse por mim ou parasse ao meu lado.

Minha garagem tinha entrada direta pela minha casa e com o controle automático da porta da garagem, me senti confortável porque meus vizinhos não notariam nada de incomum.

Graças a Deus pelos vidros escuros.

Coloquei uma toalha no banco do motorista e minha carteira e carteira de motorista já estavam no porta-luvas quando repassei mentalmente a lista de verificação.

Eu gostaria que fosse inverno e tudo estivesse escuro, mas era um dia quente de verão e a escuridão ainda não chegaria em 3 horas.

Então saí de casa depois de me certificar de que a garagem estava fechada.

O que diabos estou fazendo, só se passaram horas desde o nosso primeiro encontro, pensei enquanto dirigia lentamente em direção à casa dele observando o trânsito e sentindo-o se conectar dentro de mim.

Verifiquei continuamente o espelho retrovisor em busca da polícia e de qualquer outra pessoa que me seguisse.

Não havia polícia à vista, mas parecia haver um pequeno carro esporte preto me seguindo à distância, mas eu não tinha certeza disso.

Ah, eu consegui!

Não gritei com ninguém, mas quase, quando entrei na garagem e dirigi até a garagem.

Quando entrei na garagem, percebi que estava quase cinco minutos adiantado e, sem saber o que fazer, simplesmente parei onde deveria e desliguei o motor.

Fiquei ali pensando e me convencendo de que estava tudo bem.

Tirei meu relógio e coloquei-o no assento ao meu lado.

A porta da garagem se fechou atrás de mim e meu coração começou a bater mais rápido junto com o endurecimento do meu pau.

Então sentei-me no calor das minhas mãos nas coxas, esperando pelo que pareceu uma eternidade.

Ouvi a porta da casa se abrir e, olhando o relógio no banco, vi que já passavam cinco minutos da hora.

Deve ter sido emocionante porque me virei e vi uma mulher entrando pela porta e vindo em minha direção.

Ela era do tamanho de uma amazona, mas não era gorda, era apenas grande, mais ou menos da minha altura, pensei, muito atraente, o cabelo castanho preso em uma pilha no topo da cabeça como um rabo de cavalo felpudo e mal colocado.

E a prostituta tinha o maior par de mamas que eu já vi.

Espere um segundo, pensei.

Eu já a vi antes.

Ela trabalha na loja de bebidas.

Eu a observei se aproximar da porta e reflexivamente a abri para cumprimentá-la.

"Tire a porra da mão para fora da porta e olhe para frente. Você é um escravo! Sente-se e obedeça." Ela pediu.

Eu imediatamente tirei minha mão da porta e fiquei lá tentando revisar o que aconteceu.

Ela deve ser uma amante.

Ela deve ser obedecida, pensei.

A porta se abriu completamente e olhei para a esquerda sem mover a cabeça e me vi olhando para um lindo conjunto de coxas.

Sua boceta com a barba por fazer estava coberta com um pano vermelho que tinha um quarto do tamanho de um lenço facial e pendurado em uma fina corda dourada em seus quadris.

Ela usava uma coleira de couro em volta do pescoço que tinha menos de dois centímetros de altura e dizia Escravo em letras douradas.

"Você gosta do que vê na bunda? Eu disse para você olhar para frente."

"Sim, senhora. Sinto muito, senhora." Eu respondi.

Tapa ...

Ela me algemou ao lado da minha cabeça com a mão direita.

"Eu não sou uma amante, mas você deve me obedecer até que eu cumpra meus deveres. Você pode se referir a mim como Cindy ou escrava Cindy. Você entendeu?" ela perguntou.

"Sim, escrava Cindy. Eu entendo sua vadia!"

"Oh, o escravo enlouqueceu", ele riu e acrescentou, "você não vai rir tão cedo, garoto. Você já serviu em uma festa?"

"Não, este é meu primeiro dia com Lucy." Eu respondi

Tapa... desta vez a mão dele pousou na minha boca.

"Isso não foi nada comparado ao que está por vir. Você só será chamada de Sra. Lucy, a menos que esteja em público. Você entendeu?"

"Sim, escrava Cindy." Eu respondi e balancei a cabeça para indicar isso.

Ele então agarrou o anel D no lado esquerdo do meu pescoço e mostrou sua força, puxando-me rápida e rudemente para fora do carro e segurando o anel na altura da cintura enquanto fechava a porta.

Eu tinha esquecido do plug na minha bunda, que estava começando a doer um pouco, e soltei um gemido para indicar isso, o que só fez Cindy balançar o pescoço como forma de me dizer para parar.

Ao me esfregar nela, senti sua suavidade, senti seu cheiro e, por um segundo, pensei em pular sobre ela, mas um puxão em meu pescoço tirou esses pensamentos da minha mente.

Havia uma porta nos fundos da garagem, que ele abriu e me conduziu por ela.

Entramos no que parecia ser uma despensa que tinha cortadores de grama e coisas do tipo de um lado e uma academia do outro.

Havia uma janela que dava para um jardim muito grande, bonito e privado, que em breve descobriria, que se estendia por toda a parte de trás da casa e da propriedade.

Era extremamente privado e dava para o lago a partir do pátio, que ficava a cerca de dez metros acima da costa.

Não haveria um vizinho à distância que pudesse ouvir alguma coisa.

"Incline-se e coloque as mãos no banco", ele ordenou e depois ordenou novamente, "afaste as pernas a um metro de distância".

Uma corrente curta com um gancho de segurança foi presa à gola como um lembrete para não se mover.

Cindy então afastou mais minhas pernas e desfez a parte de trás do arnês para dar-lhe acesso ao plug anal.

"Eu vi você na loja de bebidas do shopping", eu disse a ele.

Tapa... tapa... tapa.

Cindy colocou a mão com força na minha bunda.

"Idiota, nossas vidas privadas são nossas vidas privadas e nunca devem ser discutidas em qualquer reunião sua com qualquer Amante ou em qualquer reunião do Grupo do Prazer da Dor. Você entende isso, Peter?"

"Sim, Cindy, eu entendo. Esse é o grupo desta noite, Pleasure of Pain?"

"É assim que se chama Prazer da Dor, e você nunca deve tomar nota disso ou mencioná-lo em sua vida privada."

De repente... "Agggggggggggg", eu gemi quando ele puxou o plug anal sem avisar.

"Vocês, novatos, nunca acertam", disse ele enquanto segurava a tampa na frente do meu rosto. "É suposto ir primeiro na bolsa do arnês e depois dentro do ânus. Assim."

"Agggggg"... caramba... ela bateu nele de propósito, pensei.

Depois de apertar o arnês novamente, o mais grosseiramente possível, a escrava Cindy soltou a corrente do meu colarinho e me levantou.

Olhando para o relógio, ele disse:

"Estamos ficando sem tempo por causa da sua estupidez. Pegue dois halteres de dez quilos e faça flexões até eu mandar você parar."

"Eh", respondi, já que não entendi nada disso.

"Seu idiota, devo fazer tudo por você?"

Ele então caminhou até uma prateleira, localizada sob a janela, tirou dois pesos de vinte quilos como se fossem penas e fez algumas flexões para mim.

Eu podia sentir meu rosto ficando vermelho com a estupidez dos meus comentários.

Depois que ele me deu os pesos, comecei imediatamente a fazer as flexões ordenadas, mas me perguntei por que estava fazendo isso.

"Por que diabos estou levantando pesos? Pensei que estava aqui para uma festa?" Eu disse para Cindy enquanto ela se afastava de onde eu estava.

Que bunda linda ela tem.

Ela pode ser um pouco gordinha, mas aposto que é uma gordinha fantástica, pensei.

Ele parou e se virou para olhar para mim e disse:

"Você é estúpido ou o quê? Sua amante quer apresentar seu novo escravo esta noite e ela espera que seu escravo tenha um corpo perfeitamente tonificado. É melhor você fazer um bom show esta noite, Peter, ou você não será membro pleno do Grupo ." .Entendido? E pare de olhar para mim! Eu também sou escravo da Senhora Lucy."

Droga, outra vadia submissa, pensei.

Enquanto eu continuava a trabalhar no meu corpo, tentando trazer meus abdominais e peitorais de volta à vida, Cindy puxou uma grande lona azul de um armário e colocou-a no centro da sala, no chão, bem na frente de uma garagem. porta. para o quintal.

Ele se ocupou em colocar duas garrafas na frente da lona, depois uma tonelada de corda de cada lado e depois do outro lado da sala, levantou do chão o que parecia ser um grande pedaço de madeira e colocou-o no chão. .

A parte de trás da tela.

Eu poderia dizer que não era leve, pois parecia ter um pouco de dificuldade com isso no início, mas ele provou o quão forte era ao pegá-lo facilmente quando obteve o controle.

Deus, ele está me enganando, pensei.

Uma mulher linda, completamente disposta e com uma força incrível.

Eu estava começando a desacelerar meu treinamento tanto por falta de treinamento quanto por me concentrar na madeira que Cindy havia colocado no tatame.

Não era áspero, mas parecia ter sido lixado e acabado com verniz.

Um grande parafuso no meio de uma superfície era a única coisa que perturbava a suavidade da peça, que parecia ter dez por dezoito centímetros e cerca de um metro e oitenta de comprimento.

Depois que Cindy colocou tudo no lugar, ela se aproximou de mim e me observou lutar com os pesos, que já pareciam pesar cerca de dez vezes mais do que quando comecei a malhar.

Ela riu e passou a mão gentilmente sobre meu peito e abdômen.

"Mmmm... tudo bem, garoto. Você está pronto para parar?"

"Oh, por favor, sim, não posso mais fazer isso. Meus braços parecem que estão prestes a cair e meus bíceps estão queimando", respondi.

"Ha ha ha... Ok, pare! Coloque os pesos no chão e fique no meio do tapete, de frente para a porta. AGORA!"

Soltei suavemente os pesos e pulei para o meio do tatame.

Parado ali, pude ver os jardins, pois a porta tinha duas pequenas janelas.

Droga, posso até ver o Maine do outro lado do lago.

Parecia um dia quente e lindo lá fora, mas este quarto tinha ar condicionado e nos impedia de suar.

"Abra os braços, vagabunda, e abra as pernas! Mantenha essa posição e não se mova!"

"Você tem que me insultar, Cindy? Você não poderia simplesmente me chamar de Peter?"

"Estou apenas preparando você mentalmente para ser o festeiro e realmente não aprecio alguém tentando roubar minha amante", ela respondeu pegando uma das garrafas.

Ah, ela está com ciúmes!

Ele veio atrás de mim e começou a esfregar o conteúdo da garrafa nas minhas costas.

Cristo, cheira a piña colada, disse a mim mesmo enquanto aquelas mãos macias continuavam esfregando minhas costas.

Então eles encontraram minhas nádegas e ela beliscou-as com uma risadinha.

Então ela continuou abaixando minhas pernas até o fim.

"Caso você esteja se perguntando, escrava, nossa Senhora achou que você causaria uma ótima impressão nos outros se estivesse todo lubrificado e é isso que estou colocando agora e é um gostinho gostoso do verão, não é? acha? Mmm... sua pele é bonita, macia e suave. Eles vão gostar disso... mmmmm"

Depois ele cobriu meus braços estendidos completamente com óleo até a ponta dos dedos.

Depois de esfregar nas laterais do meu peito, a garrafa foi esvaziada e ela pegou a segunda.

Desta vez, ela esfregou suavemente os músculos do meu peito recém-tonificados e eu pude ver a expressão em seus olhos e sabia que ela me queria.

Pulando no meu pau e nas minhas bolas, ela finalizou minhas pernas e então se ajoelhou e agarrou meu pau com força, apertando até eu gemer.

Então eu vi os lábios dela no meu membro enquanto ela chupava levemente a ponta.

Foi apenas o movimento normal de um homem excitado quando coloquei uma mão na parte de trás da sua cabeça enquanto a minha pila ficava dura e a colocava na boca dela.

A reação dela foi rápida quando ela mordeu meu membro e bateu em minhas bolas com a mão direita.

Tudo que me lembro foi de gritar o mais alto que pude: Ah, merda! algumas vezes e depois ouço o telefone tocar.

Enquanto eu permanecia agachado , Cindy atendeu o telefone.

"Sim, senhora, sinto muito, senhora. Ele tentou me fazer sexo oral enquanto eu o lubrificava. Sim, senhora, direi que sim, nós faremos. Sim, senhora ." foi o que o ouvi dizer ao telefone.

"Bem, Peter, as senhoras não estão felizes com todo o barulho que você fez e, como resultado, você receberá setenta e cinco chicotadas em vez das sessenta que merecia no dia anterior. E o melhor é que darei quinze das isso para sua apresentação a partir de agora, então grite de novo se quiser. Quando sairmos desta sala para a festa, a Senhora quer seu pau tão duro quanto a porra de uma barra de aço e ela quer que você lute enquanto nos aproximamos. Você entende, escravo?

"Sim, eu entendo", eu deixei escapar enquanto olhava para meu pau e minhas bolas doloridas.

Venha.

Levantar.

Endurecer.

Tentei erguê-lo, mas não tive muito sucesso.

Cindy se ajoelhou diante de mim e passou suas mãos macias e oleosas suavemente sobre meu pau e minhas bolas pelo que pareceu um ou dois minutos.

Só de olhar ela me untando todo e ter ela acariciando meu membro trouxe vida de volta lá.

Ela pareceu aliviada com isso quando terminou de lubrificar meu corpo e largou a garrafa.

"Fique de joelhos, garoto! Rápido, estamos quase atrasados!"

Enquanto eu fazia isso, ela foi atrás de mim e naquele pedaço de madeira começou a amarrar pedaços de corda em locais diferentes, de modo que havia cerca de trinta centímetros de corda pendurada em ambas as extremidades de cada corda em cada local, dos quais contei oito como Olhei por cima do ombro para ver o que estava acontecendo.

Depois, levantando a madeira, grunhindo com o peso, elevou-a até a altura do meu ombro.

Foi um jugo! Ele deveria ser tratado como um pedaço de carne.

"Incline a cabeça um pouco escrava e estenda os braços em minha direção. Isso pode parecer pesado, então esteja preparado."

Fiz isso e imediatamente achei o peso tão desconfortável e tão instável que a peça tombou e a extremidade esquerda pousou no chão.

"Oh, pelo amor de Deus, Peter! Você é fraco ou o quê? Você é um idiota, não é?"

Ele rapidamente amarrou a corda em volta dos meus braços, começando com a corda mais próxima do meu torso, no meu lado direito, até que todas as quatro estivessem apertadas em volta do meu braço.

Tentei torcer o braço para libertá-lo, mas o único movimento disponível era o da minha mão.

"Agora, tome cuidado sempre que colocar a cabeça para trás, garoto, pois há um parafuso na madeira logo atrás da sua cabeça. Agora abra os joelhos para que eu possa equilibrar isso!"

Quando obedeci, ele foi para o lado esquerdo e, segurando a madeira e o braço por baixo dela, puxou-a e equilibrou-a nos meus ombros.

Ele então amarrou a corda segurando meus braços no lugar em 4 seções diferentes e semelhantes no lado direito.

Oh merda, isso dói, pensei enquanto sentia todo o peso disso, assim como o plug anal, que havia voltado à vida e devia estar destruindo minhas entranhas.

Gemi e gemi um pouco, o que pareceu encantar a Amazônia.

"Ok, vamos ver se posso ajudá-lo a se levantar sozinho, em vez de usar o guindaste." Ele disse enquanto começava a me sentar e então eu segui seu exemplo reorganizando meus joelhos e então me levantando.

Ignorando a dor dentro e em mim, levantei-me.

Haha , quem é o fraco agora, vadia?

Cindy pegou novamente no frasco de óleo e depois pressionou-se contra mim para que eu pudesse sentir as suas enormes mamas contra o meu corpo e logo a minha pila estava à procura de qualquer parte dela.

"Você me leva para casa mais tarde, Peter? Preciso que você me leve e farei com que valha a pena."

Ela quis dizer isso ou está brincando comigo?

Não importava porque teve o efeito desejado de me deixar duro e erecto ao ponto de eu saber que era a erecção mais dura que tive durante todo o dia.

Então ele fez um pequeno toque em todo o meu corpo para ter certeza de que tudo estava no lugar.

Depois de gozar no meu pau, Cindy gemeu com o que viu.

Então ele largou a garrafa e foi procurar a corda.

Ele tinha dois laços de corda enrolada, que colocou de cada lado de mim.

Não era como a grossa corda de náilon que segurava meus braços no lugar, mas era menor, como a corda de um varal.

Duas vezes, com toda a sua força, ele amarrou uma ponta de cada corda enrolada em um dos meus polegares, apertando os nós até que eu gemesse cada vez que ele fazia isso.

Ele desenrolou cada pedaço de corda e segurou-os como se fossem rédeas.

"Ahora, cuando nos llamen a la fiesta, te jalaré hacia ellas y quiero que luches por las Damas, pero no tan fuerte como para que te caigas. Queremos que luches para que todas se emocionen. ¿Entiendes Peter? Oh, mierda, casi eu esqueço ".

"Sim, Cindy, eu entendo. Sou o animal selvagem na coleira." Eu respondi enquanto a observava correr em direção a um armário de onde ela tirou um pedaço de corrente e, porra, algemas de aço.

Ela puxou um elástico que segurava a chave da pulseira no pulso direito enquanto corria em minha direção.

"Rápido Peter, junte os pés!" Ela pediu e eu sabia que o show estava prestes a começar.

Ele se agachou e colocou as algemas em cada tornozelo, travando-as no lugar.

O clique que cada fechadura fazia parecia tão alto quanto um grito.

Quando ela se ajoelhou na minha frente, ela colocou meu pau na boca e chupou com força por alguns segundos que eu desejei que durassem para sempre.

"Isso foi para te animar mais", disse ela, tocando meu corpo com o óleo que levou na boca.

Assim que ele se levantou, a porta da garagem se abriu e uma rajada de ar quente atingiu nossos corpos.

Cindy ajustou o pedaço de pano vermelho que tentava cobrir sua boceta sem muito sucesso e certificou-se de que seu colar estava alinhado corretamente.

"Pronto, Pedro?"

"Vamos fazer isso, sua maldita vadia!" Eu respondi.

Ele olhou para mim e então pegou as duas cordas amarradas aos meus polegares, apertou-as e me arrastou para fora, lutando contra o sol da tarde.

CAPÍTULO IV

"Droga... Pare de puxar tão rápido", sussurrei para Cindy.

Então afrouxei as rédeas e notei que Cindy havia parado ao virar à esquerda em direção ao Fiesta e estava olhando para os três machos que se aproximavam, cada um com um rolo de corda ou tiras de couro.

Eles estavam nus, exceto por uma pequena tanga de couro que cobria suas partes íntimas.

Todos os três eram mais ou menos do meu tamanho e idade e cada um usava um colar idêntico ao que eu usava.

"Vamos tirá-lo daqui, escrava Cindy. Você deve se apresentar ao escravo Ken imediatamente", disse um deles.

"Não, ele ainda não está pronto para isso. Peter, eu não sabia! Corra! Saia daqui! Agora!" Cindy me implorou.

Comecei a me virar para sair, mas dois dos escravos já haviam me alcançado e agarrado a corda presa aos meus polegares.

Embora com a corrente presa nos pés, eu não teria conseguido andar cinco passos de qualquer maneira.

Ao longe, notei um grupo de mulheres observando atentamente a situação em que eu me encontrava e na frente do grupo estava a senhora Lucy.

Aí percebi que Cindy estava andando, não, fugindo de cabeça baixa e acho que ela estava chorando.

No que eu me meti?

Que idiota eu sou.

Então minha situação e daqueles que me tiveram me trouxeram de volta à realidade.

"Saudações, escravo Peter, eu sou o escravo James e esses dois senhores são os escravos Bob e Frank. Por favor, não nos dê problemas, Peter, e então não haverá problema para você."

"Por que você não vai se foder? Me deixe em paz! Nada disso foi discutido com a Sra. Lucy, então estou fora daqui." Eu gritei para aquele chamado James.

"Segure-o com força", James disse aos outros sem sequer olhar para mim.

Ela então agarrou a haste do meu pênis que estava tudo menos ereto, puxou-o com força e deslizou um nó de pequena corda que apertou logo atrás da cabeça.

Então ele puxou a corda com tanta força que soltei um grito longo e alto.

"Isso dói, seu bastardo, tire isso, tire isso!" Gritei e lutei com todas as minhas forças.

Quando o fiz, olhei para o outro lado do gramado e notei as mulheres observando enquanto bebiam uma taça de vinho.

Parecia que outros escravos nus estavam ali, provavelmente como servos, e também observavam tudo.

"Para seu conhecimento, foi a Sra. Lucy quem ordenou esta situação. Você deve se sentir orgulhoso, já que isso nunca aconteceu no primeiro dia e se você superá-la, ela se tornará membro do Grupo Elite com todos os direitos. Agora, você irá entreter e você agradará os outros lutando. Considere-nos como seus irmãos escravos que estão aqui simplesmente para ajudá-los esta noite, ha ha. E sentimos muito pelo que está prestes a acontecer. Ok, pessoal, removam a corda de seus polegares e colocar as alças na coleira. Tenho que pegar o novato e a menos que ele queira perder a ponta do pau, ele vai se comportar.

Oh Deus, o que eu fiz?

O que você vai fazer comigo?

Olhei para cada um dos meus captores esperando que isso os fizesse se sentir uma merda, mas tudo que fiz foi deixá-los com raiva e eles puxaram as correias que cada um deles tinha em mim.

Os três se entreolharam, assentiram e se viraram para as Senhoras, ajoelhando-se , de cabeça baixa, cada uma segurando a coleira no ar com a mão direita.

Olhei para meus três captores e me perguntei o que diabos estava acontecendo.

James estava na minha frente segurando a alça do colarinho e Bob estava à minha esquerda com Frank à minha direita, cada um segurando as alças do colarinho.

A cerca de trinta metros em linha reta, sob um grande toldo para protegê-las do sol quente, as senhoras montaram uma fileira de cadeiras, duas delas na frente ocupadas pela Sra. Lucy e outra mulher afro-americana.

Todas as mulheres usavam um vestidinho preto simples e semelhante, com acessórios dourados e botas pretas.

A mulher ao lado de Lucy levantou-se, virou-se e apontou para uma escrava ajoelhada, fazendo sinal para que ela se aproximasse.

Uma escrava alta, bem bronzeada e oleada, com longos cabelos negros e lisos, levantou-se e ficou com a cabeça baixa na frente da Senhora Lucy e da senhora negra.

Cada uma das duas senhoras deu-lhe um item que ele segurava em cada mão e depois virou-se e caminhou em nossa direção.

Ah, meu Deus, ela também é linda, pensei, e comparando-a com Cindy, notei que ela tinha a mesma altura, mas em condições muito melhores, tudo isso acentuado por sua pele bronzeada e oleosa.

Então eu a reconheci.

Ela era consultora jurídica da tribo indígena local da Primeira Nação e era ela mesma uma nativa americana.

Olhando em volta, percebi que apenas essa mulher, alguns escravos ajoelhados e eu estávamos lubrificados.

Nenhum dos meus captores estava.

"Oh, merda, amigo. É Angela. Ela vai cortar suas bolas se você incomodar ela", disse Bob.

"Sinto muito, Peter, mas é melhor que seja você do que nós", disse James, com Frank também concordando.

Olhei para a mulher que se aproximava de nós com um ar de confiança e um sorriso no rosto.

Ela também usava um pedaço de pano vermelho, que tentava esconder a virilha mas não cobria nada, e uma corrente de ouro que segurava em volta dos quadris e nada mais, sem sapatos ou brincos, e ela também usava muita maquiagem como Cindy.

Notei que na mão direita ele segurava um chicote marrom e na mão esquerda havia algo que eu não conseguia ver.

Quando ela se aproximou, comecei a recuar e comecei a lutar com as correias presas, fazendo com que meus três captores se levantassem e me segurassem no lugar, puxando-me para trás.

"Soltem as malditas cordas, seus desgraçados. Me soltem! Me soltem daqui! Pelo amor de Deus, pessoal, vocês vão me deixar sair agora."

Gritei isso o mais alto que pude e percebi que Ângela estava correndo em nossa direção, o cabelo preto dançando atrás dela e quase já nos alcançando.

O sol quente parecia ofuscar sua pele oleosa, o que era uma coisa boba de se pensar em vez de tentar encontrar uma fuga da minha situação.

"Abra sua boca grande, garoto", ela disse com uma voz profunda e forte enquanto agarrava meu braço esquerdo, "Não queremos que os vizinhos ouçam agora, não é?"

"Foda-se sua puta negra, quero sair daqui agora!"

Imediatamente percebi que não deveria ter dito nada, principalmente por causa dos nomes depreciativos sobre sua origem africana, mas ela apenas sorriu com meus comentários.

"Continue assim e você estará morto, seu maldito," ele sussurrou em meu ouvido esquerdo. "Agora abra sua maldita boca, garoto," ele gritou enquanto acenava para James.

A dor de um puxão forte na alça do pau, bem como de Angela puxando minha cabeça para trás pelos cabelos, de modo que minha cabeça bateu no parafuso na madeira, me fez gritar de boca aberta.

Foi então que ela enfiou em minha boca um grande pedaço de couro trançado, que imediatamente dobrou atrás de minha cabeça, formando um nó tão grosseiro quanto possível.

"Como é essa puta?" ela latiu.

Da melhor maneira que pude, respondi através da mordaça e disse:

"Foda-se, sua vadia nojenta! Tire essa coisa de mim! Eu quero sair daqui", e embora minha resposta soasse como... Hmphhh... hmphhh... hmphhh, o significado disso era discernível para ela ... enquanto sua mão aberta se fechava em punho enquanto ele tentava controlar a situação.

"James, me dê a alça do cinto e depois pegue seus dois amiguinhos e suas alças e vá se foder aqui, a senhora Lucy e a senhora Samantha mudaram de ideia sobre entretenimento, para ser justo com Peter, isso nunca foi discutido." Ângela ordenou.

"Mas eu..." ele gaguejou e pensou melhor.

Ele acenou para seus dois assistentes e ambos começaram a caminhar em direção ao resto do grupo.

Ângela virou-se para o grupo de senhoras e levantou o braço esquerdo com a mão aberta para indicar 5 minutos.

Ele então se virou para mim e agarrou o anel D na frente do meu pescoço, que ele puxou e me arrastou de volta para a despensa que eu havia deixado alguns minutos atrás com Cindy.

Ela me colocou de volta no tapete e foi até um armário pegar outro frasco de óleo corporal, que ela trouxe e ficou na minha frente.

"Ahora Peter, solo nos quedan unos minutos, así que déjame ponerte al día. Tu Ama ha subido la apuesta inicial por así decirlo y te ha ofrecido como su boleto para pasar rápidamente a un estado de Élite en el Placer del Dolor. ¿Has oído hablar de eso? Bueno, ¿a quién le importa lo que piensas de todos modos? ¿Estuviste de acuerdo en ser su esclavo, Peter? ¿Estuviste de acuerdo en asistir a la fiesta como su esclavo? ¡Indícalo asintiendo con la cabeza si isso é certo!"

Eu balancei a cabeça sim.

"Bem, isso resolve tudo. Eu estava preocupado que seu medo pudesse ser real, mas você assinou um contrato com Lucy e, a partir de agora, não posso fazer nada a respeito. Mas você vai pagar por suas explosões, e vou fazer você cumprir seu contrato com sua Senhora. Você sabe quem eu sou?

Balancei a cabeça novamente, então ela desamarrou a corda da cabeça do meu pênis.

"Pronto, não vou precisar dessa alça. Acho que aqueles três fracos pensaram que isso impressionaria; deve ser coisa de homem. Isso é melhor, Peter? Você gosta de carregar todo o peso do jugo nos ombros? Isso foi ideia minha, uma vez que me contaram sobre seus atributos físicos. Espero que te machuque muito, porque os comentários que você fez sobre mim me machucaram e serão devolvidos para você.

Ele parecia divagar me fazendo perguntas, mas nunca esperando uma resposta enquanto estava amordaçado ou balançando a cabeça, então achei melhor ficar assim e não fazer nada.

Enquanto falava, ela desfez o arnês que usava e puxou lentamente o plug da minha bunda, mas não demonstrou preocupação em tirar minhas bolas e meu pau do ringue, o que me fez gritar e morder a mordaça.

Assim que a tomada foi desligada, ela jogou tudo no tapete.

As suas mãos macias percorreram o meu rabo, bolas e suavemente sobre a minha pila, que estava mais do que solta do que a alça que lhe tinha sido presa.

"Isso é melhor, Peter?" ela perguntou.

Balancei a cabeça diante da sensação afirmativa enquanto meus músculos relaxavam depois que o plug era removido.

Ela riu baixinho e disse:

"Bem, isso é bom, então é melhor você aproveitar enquanto pode, porque tenho algo um pouco mais sinistro planejado para o show. E falando nisso, é melhor irmos ou estaremos ambos no ar. Agora, Peter, só para parar. "Até onde você sabe, o chicote que tenho é feito de bétula, o que faz muito barulho, mas poucos danos, mas os chicotes que outros usarão em você são feitos principalmente de pele de bezerro oleada e causam dor considerável, então tome cuidado Mas os dois tipos não deixarão marcas permanentes em seu corpo. Você me obedecerá pelo resto da noite, pois será mais fácil para você e você não esquecerá o contrato que fez com sua Senhora. A primeira coisa que farei é apresentar-lhe as Senhoras, a maioria das quais ocupam altos cargos públicos ou profissionais e, por enquanto, desejam manter suas identidades e participação em segredo. À frente deste Show está Lady Samantha, que está sentada ao lado de Lady Lucy e deve ser obedecida 100%.Não há margem para erros com ela, apenas faça o que Peter diz. Você entende Pedro? "

Balancei a cabeça novamente e, ao fazê-lo, observei Angela passar o óleo em seu corpo e, uma vez em sua pele bronzeada, pareceu iluminar o ambiente.

Meu membro fraco começou a voltar à vida, pois refletia o prazer que vi nos olhos da linda mulher diante de mim.

Então ele veio até mim e começou a esfregar óleo em meu peito, mamilos e abdômen.

Ela então agarrou meu membro e começou a acariciá-lo até sentir que a ereção duraria um pouco.

"É uma pena que eu não tenha encontrado você antes de Lucy ou que não sou eu quem está buscando a adesão hoje, já que todas as mulheres que entram no Pleasure of Pain devem entrar como escravas de uma Senhora até encontrarem um escravo masculino." e feminino para que eu os servisse. Você gostaria de ter sido meu escravo, Pedro?

Não tenho certeza da resposta que ele estava procurando, balancei a cabeça e então sua mão direita bateu na minha bochecha esquerda três vezes mais forte que a outra.

Então ela rapidamente ficou atrás de mim e me forçou a encarar a porta aberta.

"Maldito porco! Você não está demonstrando lealdade à sua Senhora ou está apenas tentando me apaziguar? Que idiota você é, Peter! Agora estamos prontos para prosseguir e você seguirá minhas ordens verbais sem ter que usar uma coleira e fazer não tente nada para antecipar o que vai acontecer ou que direção tomar. Se você desobedecer ou não der um bom show, usarei o cabo do meu chicote e realmente não acho que você queira que eu faça isso. faça isso, porque se eu fizer isso vai deixar uma marca permanente. Pronto garoto! Vá em frente!"

Assim que ela me perguntou se eu estava pronto , o chicote me deu um tapa na bunda que fez o barulho alto prometido, mas uma picada surpreendentemente agradável que deve ter satisfeito meu pau, pois ele se levantou ainda mais forte do que antes.

Então, quando estávamos fora do prédio, mais três chicotadas atingiram minhas costas com força e doeram, fazendo-me gritar com a mordaça e me fazendo recuar, mas não me virar.

Essa ação só trouxe outro golpe nas minhas nádegas e então ele me ordenou que virasse à esquerda.

Depois que fiz isso, ela me disse para correr, o que era impossível já que eu estava acorrentado, mas Angela parecia não prestar atenção a isso e continuou a bater em minhas costas, bunda e coxas enquanto eu continuava a lutar e a gritar em minha mordaça.

"Vá diretamente para a Senhora Lucy", ele ordenou.

Levantei os olhos entre os golpes e ao mesmo tempo olhei para o chão em busca de falhas nele, pois não queria escorregar, e quando vi minha Senhora, fui em sua direção.

Ele estava conversando com uma Senhora negra ao lado dele, à sua esquerda, que presumi ser a Senhora Samantha e que parecia concordar com a aprovação da escrava escolhida por Lucy, eu.

Ao me aproximar, notei uma estrutura de madeira à minha direita.

Uma forca?

Ah Merda.

"Levante-se, escrava", ordenou Angela quando estava a 5 passos de minha amante Lucy.

Então ela se moveu para o meu lado e deu um golpe forte no meu pau ainda ereto.

"De joelhos quando estiver na frente de sua Senhora!"

Caí de joelhos e imediatamente recebi mais três chicotadas pesadas nas costas que doeram, mas me deram mais prazer do que antes, mas não consegui entender nem ver meu pênis ereto.

Ouvi uma ordem, que acredito ter sido da Ângela para abaixar a cabeça até tocar o chão e mantê-la ali.

Ao fazer isso, o peso do pedaço de madeira nas minhas costas me fez gritar e receber outro golpe.

Então tudo ficou em silêncio por um período de cerca de dez segundos que pareceu durar uma eternidade e uma voz que presumi ser a Senhora Samantha devido à sua proximidade e voz autoritária, começou a falar.

"Senhoras, sejam bem-vindas a esta reunião especial do Pain Pleasure Group. Estamos aqui para reconhecer oficialmente Lucy como nosso novo membro de elite e parabenizamos ela pela escolha da escrava, o que tenho certeza que irá agradá-la muito. Todos vocês estão ótimos. , "Senhoras, lubrificadas assim e prontas para nossos chicotes? Lucy, há uma questão pendente de disciplina de escravos que eu sei que vocês irão resolver agora. O que vocês escolheram?"

"Obrigado, Senhora Samantha, por todas as suas amáveis palavras. Mostrarei a todos que, como verdadeiro dominante e profissional, sou e serei um líder de todos os homens, todos inferiores a nós. Escravo Peter!

Ele escolheu o seu primeira punição será suspensa na sua primeira participação. Você será apresentado a cada Senhora presente e seus chicotes, começando pela Senhora Samantha e terminando comigo, o que significará um total de onze aulas. Isto será seguido pelo final, que será só vou chamar de O Tormento Final, já que é algo novo que Angela e eu criamos. Todos os escravos, exceto a escrava Cindy, irão imediatamente para a sala de espera no porão, já que não têm permissão para ver o primeiro castigo do novo escravo Pedro."

Quando a Dominatrix terminou, ouvi um murmúrio de satisfação e aplausos, diferente dos primeiros sons, que deviam ter vindo dos escravos atrás de cada uma de suas Senhoras.

Ninguém nunca teve tantas lições, foi sussurrado por um escravo.

A Senhora disse:

"Muito bem, Lucy, que corpo fantástico o seu filho tem."

Não me perguntaram nem presumi que me perguntassem se eu concordava com o entretenimento planejado, pois queria ser escravo deles mais do que tudo.

" Vamos Peter, é hora de você se preparar para cumprimentar todas as Senhoras!" Ângela ordenou.

Tentei levantar a cabeça, mas o peso do jugo sobre os ombros e o cansaço não me permitiram. Angela pediu à escrava Cindy que viesse ajudar, e as duas pegaram uma das pontas do jugo e me levantaram com facilidade.

Quando me levantei, olhei em volta e notei os escravos saindo e as Senhoras em pequenos grupos se divertindo com vinho e aperitivos e pensei o quanto eu precisava de uma bebida.

Olhei para Cindy e sorri através da minha mordaça, tentando insinuar que não estava bravo com ela pela surpreendente sequência de acontecimentos.

Ele me olhou nos olhos e apertou suavemente meu braço.

Angela me arrastou por uma argola em D no pescoço até que eu estivesse diretamente sob o braço estendido da forca.

Parado ali, olhei para cima e notei um cabo com um gancho de segurança preso, então ouvi um motor e observei o gancho descer até terminar logo abaixo da minha cabeça.

O que a senhora disse?

Suspensão e participação e mais alguma coisa?

Devo prestar mais atenção.

"Cindy, desamarre as cordas do pulso e antebraço dele naquela ponta do jugo e eu farei isso na outra ponta. Precisamos colocar as algemas de suspensão no menino e depois a barra de suspensão na frente dele. feito, eu farei isso." "Vamos desamarrar e guardar a canga de madeira. A senhora Lucy não quer perder mais tempo." Ângela disse.

Depois colocaram grossas algemas de couro em meus pulsos e eu sabia para que serviam, já que havia verificado os anúncios de fetiche na Internet.

Uma vez em andamento, Angela ergueu uma pesada barra de aço, com cerca de um metro e oitenta de comprimento, na minha frente.

Tinha correntes com mosquetões em cada extremidade e um anel pesado no meio.

Cindy rapidamente quebrou os ganchos de cada corrente no topo das algemas que seguravam meus pulsos e uma vez que a segunda estava em movimento, Angela abaixou lentamente a barra até que eu a segurasse sozinha.

O peso extra em meu corpo e braços me fez gemer alto em minha mordaça e notei Lucy olhando para mim e o grupo com quem eu estava começou a sorrir e rir.

Angela e Cindy se moveram rapidamente para retirar o manche, o que me fez sentir muito melhor e mesmo depois de levantarem a barra sobre minha cabeça e colocarem o anel no mosquetão, senti a pressão sendo retirada do meu corpo.

Angela se aproximou de mim e sussurrou para que ninguém, nem mesmo Cindy, pudesse ouvir:

"Escravo, agora vou tirar sua mordaça e lhe dar água antes das apresentações serem feitas. Se você não se comportar antes da noite, acabou, honestamente, e vou cortar seus dois mamilos. Entendido?"

Balancei a cabeça com entusiasmo, dizendo que sim, enquanto me virava para ela querendo beber e manter meus mamilos.

Percebi que a barra em que meus braços estavam pendurados girou comigo quando fiz isso e, olhando para cima, entendi por que o mosquetão tinha um suporte giratório embutido para que pudesse girar em qualquer direção.

Cindy então tirou a mordaça da minha boca e, enquanto estava atrás de mim, pressionou suavemente seus seios contra minhas costas, fazendo com que um gemido de prazer escapasse dos meus lábios.

Graças a Deus, Angela não tinha ouvido nem visto nada disso, disse a mim mesmo.

Ângela então levou uma garrafa de água aos meus lábios, da qual tentei engolir inteira, mas só consegui tomar alguns goles.

"Desculpe, Peter", disse Angela, "mas só posso lhe dar alguns goles ou você pode ter cãibras ou até mesmo ficar doente. Ah, Cindy, ótimo, você tem a barra espaçadora para os pés dela. Vamos lá. indo rápido, Peter. Lembre-se do que eu disse sobre gritar.

Primeiro, Cindy abriu a fechadura dos meus pés com a chave que guardava numa pulseira, e depois as duas meninas rapidamente agarraram a barra, que devia ter cerca de um metro de comprimento, e prenderam uma tira de couro em cada tornozelo.

Enquanto isso acontecia, eu sabia por que Angela havia me lembrado de gritar, já que não apenas eu havia me afastado do bar, mas agora estava pendurado no chão em uma posição de águia aberta, pendurado em meus pulsos.

Tudo o que pude fazer foi cerrar os dentes e gemer o mais suavemente possível.

Angela então testou minha situação movendo-se lentamente de um lado para o outro e depois me torcendo uma vez para garantir que a torção funcionasse.

Quando ele me encarou na frente das Senhoras, ele disse:

"Escravo, você se ajoelhará antes de cumprimentar cada Senhora e terá a cabeça baixa e os olhos baixos. Você a cumprimentará quando ela estiver na sua frente e o fará 'Saudações, Senhora, eu sou o escravo da Senhora Lucy, Peter.' irá ordenar que você fique em pé ou em suspensão total e então ela lhe apresentará formalmente seu chicote e outras coisas. Todas as Senhoras têm permissão para fazê-lo. Elas irão açoitá-lo quantas vezes quiserem, nos ombros até os dedos dos pés. pés, mas para o seu pênis, você só deve usar um chicote. Lembre-se de não chorar Peter ou eles serão mais duros com você. Você entende Peter?

"Sim, Angela, eu entendo", eu disse, mas tive medo de perguntar a ela o que significava "e outras coisas".

"Escravo, quero que você faça algo por mim. Suponha que você acabou de ser atingido, vire meia volta para a esquerda. AGORA!"

Tive que tentar algumas vezes até acertar, pois fui longe demais na primeira vez e não o suficiente nas vezes seguintes ou virei completamente.

Aí eles me colocaram na ponta dos pés e tiveram que repetir o processo até acertar.

Enquanto eu estava sendo instruído nesta técnica de fiação, Cindy colocou uma mesa na minha frente e sobre ela havia flageladores de vários tipos e cores e um grande aquário de vidro cheio de pinças de madeira.

Angela então acenou para Cindy vir para o meu lado e então Angela foi até as Senhoras.

Porra, ela é tão bonita e Cindy e todas as amantes também, pensei quando Cindy começou a acariciar meu pau novamente para mantê-lo duro, eu acho.

"Seja corajoso, Peter, e isso logo acabará. Eu te amo, Peter", ela sussurrou.

CAPÍTULO V

Um arrepio percorreu meu corpo enquanto eu esperava meu destino, segurado por Cindy enquanto ela acariciava suavemente minha masculinidade.

Lembro-me de olhar para o lago e para os veleiros voltando para casa em um leito de água cada vez mais calmo.

Os primeiros pensamentos da noite começaram a tomar conta e eu sabia que estaria escuro em menos de uma hora e me perguntei para onde tinha ido o tempo.

"Prepare-se. Eles estão vindo", Angela ordenou a Cindy enquanto eu voltava à realidade.

Eu não tinha notado o retorno de Angela e quando me virei para ela, ela me deu um tapa forte nas nádegas e soltou uma risadinha.

"Apenas puedo esperar para ver si lograras en la próxima hora ya que es mejor que pongas a todas las Damas calientes y húmedas durante tu presentación. Ahora Cindy, pon a esta puta de rodillas antes de que estén aquí. Y Peter, recuerda lo que Eu disse ".

Meu corpo de águia espalhado foi apoiado em meus joelhos com a ajuda de Cindy, pois eu não tinha certeza de qual a melhor forma de me posicionar.

De joelhos, mantive a cabeça baixa, como Angela ordenou, mas eu sabia pela visão periférica que tinha e pelas vozes deles que eles estavam agora na nossa frente.

"Senhoras do Prazer da Dor, ofereço meu escravo, escravo Peter, para sua consideração. Por favor, use-o bem. Depois de completar o teste do meu homem inútil, haverá um show especial para vocês que Angela tão gentilmente preparou." , por favor, comece a cerimônia."

Todos estavam quietos na minha frente e eu podia ouvir a senhora Samantha se aproximando e até mesmo tirando a pinça da tigela.

Uma das senhoras disse então suavemente a outra pessoa:

"Ah, a picada, ela vai testar."

Murmúrios afirmativos durante toda a reunião.

Quando ela estava na minha frente, contei a ela o que Ângela havia me contado:

"Saudações, senhora, sou o escravo da senhora Lucy, Peter."

"Levante a cabeça e olhe para mim, escrava", ele ordenou.

Enquanto ele levantava lentamente a cabeça, notei que na mão esquerda ele segurava dois prendedores de roupa e na direita um chicote de couro vermelho escuro.

O chicote parecia um chicote curto e trançado, mas na ponta tinha um comprimento adicional de nove caudas feitas de couro quase do tamanho de uma corda, cada uma amarrada na ponta.

'Que porra é essa', pensei.

Por mais ingênuo que eu fosse, eu sabia que o chicote que ele segurava não era o chicote que Angela havia descrito.

Olhei para Angela e ela sorriu de uma forma quase inocente e encolheu os ombros.

'Essa vadia vai conseguir o que procura um dia.'

Eu sabia que iria doer mais do que havia explicado anteriormente, mas faria o que pudesse para mostrar a Angela que eu poderia suportar.

A Senhora Samantha viu essa interação e começou a rir.

"Senhoras, parece que esse escravo não foi informado de tudo sobre o show desta noite, mas ele concordou em estar aqui e isso será uma boa lição para ele. Vamos esperar por um escravo desnorteado!"

" Pedro, escravo, você concorda que é subordinado a todas as mulheres, que todas as mulheres são superiores aos homens, que você servirá e obedecerá a todas as mulheres, não importa onde esteja, e que aprenderá a apoiar o movimento do Prazer da Dor ?"

"Sim, Sra. Samantha, concordo", respondi.

"Você sabe quem eu sou, escrava, e o que eu faço?"

"Sim, senhora. Você tem seu próprio escritório de advocacia no Maine, que eu usei, mas só lidei com sua equipe."

"Nossa participação neste Grupo deve ser confidencial. Você entende Peter e podemos contar com nós para manter isso em segredo?"

"Eu entendo que a senhora e eu sempre manteremos tudo confidencial."

"Você já provou o doce néctar de uma deusa negra, escrava, e deseja fazê-lo?" ela perguntou.

"Sim, Sra. Samantha, eu quero."

Assim que mencionei essas palavras, a mão que segurava o chicote foi para a parte de trás da minha cabeça e empurrou-o em direção à sua boceta que havia sido exposta pela outra mão enquanto ela levantava o vestido.

A minha língua procurou imediatamente o seu clitóris, que estava quente, e nadando em sucos sexuais, e enquanto o lambia, senti-o endurecer e crescer.

Sem pedir permissão, virei levemente a cabeça, abri a boca que cercava seu sexo e comecei a absorver tudo em um ritmo cada vez maior.

Por alguns segundos, ela bateu sua boceta na minha cara e depois me empurrou com força.

"Ah, vadia", ele gritou e bateu em meu rosto com seu chicote. "Lucy, você se saiu muito bem... não só o corpo dessa vagabunda foi feito para nos servir, mas acredito que a mente dela está pronta para nos servir também."

A Senhora Samantha recuou e, olhando para a sua escrava, Angela disse: "Pronto", e depois entregou os dois prendedores de roupa a Cindy.

Fui completamente levantado do chão, completamente suspenso nesta postura de águia selvagem, de frente para o chefe deste Grupo de Dor e Prazer.

Notei que Cindy olhava um tanto pensativa para os prendedores de roupa e depois comecei a colocar um no meu mamilo esquerdo e outro no meu saco de ovos, o que fez com que um gemido baixo saísse dos meus lábios.

Enquanto isto acontecia, olhei para Samantha, que me parecia incrivelmente selvagem, e senti a minha pila ficar dura.

"Olha, senhoras! A prostituta já está me cumprimentando adequadamente."

Imediatamente depois de dizer isso, ele me bateu com força na coxa direita e novamente na esquerda, fazendo-me lutar contra as restrições, mas sem emitir nenhum som por entre os dentes cerrados.

"Angela, vire-se, por favor", ordenou Samantha.

Angela então sibilou em meu ouvido alto o suficiente para que todos ouvissem.

"Vire-se, sua vadia, e seja rápido."

Com todas as minhas forças, rapidamente me virei o mais gentilmente possível e o tempo todo pensando em Ângela e dizendo para mim mesmo:

'Vou ter essa puta só para mim.'

Claro que ela poderia ser um pouco mais legal em outras circunstâncias.

Quando completei a curva, olhei nos olhos de Angela e tentei matá-la sem muito sucesso.

Então Samantha me deu duas chicotadas fortes nas costas com seu chicote e então eu entendi por que eles se referiam a isso como ferrão.

Era como se a cada golpe eu pudesse sentir as nove pontas do chicote entrando em meu corpo, mas mesmo assim havia uma sensação de formigamento que quase parecia exigir mais.

Quando minha luta interior se acalmou, ouvi Samantha dizer: "Pronta, Angela?" e então ouvi um silêncio vindo da multidão de senhoras reunidas nas proximidades.

Olhei para baixo e observei Angela se inclinar para mim e colocar meu pau ereto em sua boca, trabalhando até que ficasse do jeito que ela queria e então levantou a mão direita.

Naquele momento, meu mundo explodiu com uma série de tapas fortes em minha bunda e os dentes de Angela apertando meu pau com tanta força que pensei que ela fosse cortá-lo.

Eu não gritei, mas meus gemidos com os dentes cerrados pareciam como se eu estivesse mastigando terra.

Enquanto eu lutava nesta posição de total escravidão, Angela continuou a morder meu pênis até que a Senhora Samantha falou:

"Angela, pare já com isso. Você será punida mais tarde por esse desabafo. O que diabos você estava pensando, mulher?"

Então me levantei e, com a ajuda de Cindy, virei-me para o Grupo e mais uma vez me ajoelhei.

Enquanto abaixava a cabeça, minha patroa falou ao grupo:

"A próxima será a nossa convidada de fora do distrito, a Sra. Victoria, que ajudou a estabelecer o nosso Grupo Local. Sra. Victoria, por favor."

"Saudações, senhora, sou escrava da senhora Lucy", eu disse enquanto ela estava na minha frente.

"Levante a cabeça, garoto! Você sabe quem eu sou?"

Quando levantei a cabeça, notei novamente os dois prendedores de roupa, mas desta vez sua mão direita segurava um pequeno chicote e meu coração afundou, mas isso não tirou minha masculinidade, pois permaneci duro de alguma forma.

Olhei nos olhos de uma mulher madura que ainda era extremamente bonita e tinha o corpo de alguém muito mais jovem.

"Você é a Sra. Victoria. Troquei e-mails com você quando entrei no seu grupo de dramatização, mas nunca fui bom nisso e desisti. Sinto muito, senhora."

Honestamente, eu esperava não tê-la chateado quando abaixei a cabeça.

"Levante e vire", Angela me ordenou.

Primeiro, ele entregou os dois prendedores de roupa para Cindy, que, novamente depois de olhar para eles, ergueu as sobrancelhas e depois colocou os dois no meu pênis: Na pele de cada lado das bolas na base.

Então vieram cinco chicotadas fortes nas minhas costas e nádegas enquanto eu gemia e lutava contra minhas restrições.

"Excelente, excelente", declarou a Sra. Victoria antes de eu voltar à minha posição ajoelhada.

E assim foi, com punições diferentes de todas essas mulheres poderosas, cada uma delas foi convocada pela minha Senhora.

Da Nellie, professora do ensino médio, à Flora, atriz de novela, à Jane, médica, à Jemina, professora de história, à Rosie, artista de Show de Talentos, à Laura , dona da emissora de televisão que me convidou para sua ilha. .

Houve duas exceções que destacarei com mais detalhes, Clara, âncora de um canal de notícias a cabo, e Celine, a meteorologista do mesmo canal.

Quando dona Clara foi chamada, ela se aproximou, batendo com um grande chicote preto pendurado na coxa, e parou bem na minha frente, quase tocando minha cabeça baixa.

"Saudações, senhora, eu sou o escravo da senhora Lucy, Peter", gaguejei um tanto trêmulo e com medo enquanto continuava a estalar o chicote em sua perna, sabendo que ela podia ver seu brinquedo.

"Levante a cabeça, senhor. Você sabe quem eu sou?"

O homem foi dito de forma depreciativa para que todos pudessem ouvir .

Quando levantei a cabeça e olhei para ela pela primeira vez na vida real percebi que ela era ainda mais bonita do que na televisão.

Ele tinha um corpo bem afiado pelo qual morrer e seu cabelo era atualmente loiro escuro na altura dos ombros e pelo que ele tinha lido, seu cérebro superava a maioria dos homens.

"Sim, dona Clara, a senhora é referência no Cable."

Quando eu disse isso, percebi que ela não estava prestando atenção em nada do que eu dizia, mas sim olhando para Ângela.

Virei a cabeça na direção de Angela e percebi que ela estava olhando para Clara, sorrindo e lambendo os lábios.

"Essa menina também é brincalhona, tesuda e metida em tudo", pensei em Ângela e ri baixinho.

Infelizmente, Dona Clara achou que eu estava rindo dela e me deu um tapa.

"Sra. Lucy! Esse seu porco se atreve a rir de mim. O que você vai fazer sobre isso?"

"Minhas desculpas, Clara. Ângela, pegue a pinça e coloque no bastardo. Agora!" Ela pediu.

Quando Angela foi até a mesa pegar as pinças, ela perguntou a Lucy o quão apertado ela queria que elas ficassem e a resposta de Lucy foi:

"Quando você não puder mais apertá-los, eles ficarão perfeitos."

"Sra. Clara, espero que isso tenha sua aprovação", perguntou Lucy.

"Levante-o na ponta dos pés!" Clara disse enquanto entregava a pinça para Cindy.

Angela então ordenou que Cindy removesse todos os prendedores de roupa dos meus mamilos e os colocasse no meu pau assim que eu me posicionasse.

Cindy não me olhou nos olhos quando os quatro prendedores de roupa foram removidos e transferidos para o meu pau e depois os prendedores de roupa de Clara foram colocados nas minhas bolas.

Neste ponto, o meu pénis estava quase completamente coberto de cada lado pelos alfinetes.

Aí Ângela, sorridente e simpática, a cachorra fez seu trabalho com as pinças.

Cada braçadeira consistia em duas barras planas de metal com parafusos em cada extremidade que precisavam ser apertados manualmente.

Depois que cada um foi afrouxado, ele colocou uma pinça sobre um mamilo com uma barra acima e abaixo dele, e então fez Cindy puxar o mamilo através da pinça enquanto o apertava.

Uma vez que ambos foram contidos, fiquei um pouco aliviado, pois apenas Cindy puxando-os estava causando algum tipo de dor.

"Agora vou apertá-los, vadia", disse ele enquanto nós dois nos olhávamos.

Ao apertá-los, a dor tornou-se insuportável.

Nunca senti uma dor tão forte, mas que se dane, não ia dar a eles o prazer de gritar porque era exatamente isso que Ângela queria que eu fizesse.

Clara ordenou que eu me virasse, o que eu apreciei porque, depois de todas as minhas fantasias televisivas com ela terem sido destruídas ao saber que ela preferia o sexo oposto, eu não queria vê-la me espancar e sentir a humilhação.

Na realidade, as chicotadas foram dolorosas, mas emocionantes.

Foi por causa da minha humilhação?

Com a Senhora Celine, nunca chegamos à fase das palmadas.

Após sua abordagem e minha apresentação, olhei para sua beleza e ela sorriu, e eu disse que a via há anos todos os fins de semana enquanto apresentava o boletim meteorológico local e deixei escapar que estava apaixonado por ela e a achava fantástica.

"Você quer experimentar sua garota do tempo, Peter?"

"Seria uma honra, senhora", respondi e depois coloquei minha cabeça entre suas pernas enquanto ela levantava o vestido.

Ela estava quente e molhada e precisava de um orgasmo.

Minha língua trabalhou duro em seu clitóris enquanto ela bombeava seu corpo contra meu rosto.

Quando estava completamente inchado, consegui segurá-lo com os lábios enquanto minha língua passava por ele.

Não demorou muito para que ela gemesse de orgasmo e sucos de amor cobrissem meu rosto.

Então ela recuou, largou o chicote e se aproximou de minha Senhora e, brincando, perguntou se ela me venderia para ela.

Depois de fazer as apresentações a cada uma das Senhoras, ajoelhei-me com a cabeça baixa e soube que a Senhora Lucy estava diante de mim.

"Saudações, Senhora Lucy. Eu sou seu escravo, seu escravo Peter."

"Levante sua cabeça, escravo"

Quando o fiz, soube por que ela estava ali naquela noite, pois sua beleza era cativante e eu a amava de verdade.

Ele não segurava nenhuma pinça, mas segurava um pequeno chicote na mão direita, que eu soube imediatamente para que servia, pois na mão esquerda segurava uma mordaça.

"Muito bem, escrava. Seu julgamento terminará em breve e as senhoras concordaram em permitir que a mordaça fosse colocada para que você possa gritar quando necessário pelo resto da noite. Agora, Ângela, coloque a mordaça na suspensão dianteira e aperte-a completamente esse menino"

Angela pegou a mordaça e sem qualquer delicadeza a inseriu em minha boca e prendeu a mordaça com força depois de empurrar minha cabeça.

As Senhoras assistiram a tudo isso, principalmente quando ele me ajudou a levantar pelas pinças e pela primeira vez consegui gritar até a mordaça.

Eles me deixaram em suspensão total para que todos vissem.

Quando Angela recebeu a ordem de remover as pinças, as Senhoras observaram com grande interesse a minha reacção à remoção de cada pinça enquanto eu gritava e lutava tentando confortar os meus mamilos.

Então Lucy se aproximou e ficou na minha frente.

"Por favor, Peter, mostre a todos que você é meu escravo. Agora vou tirar todos os seus prendedores de roupa com meu brinquedinho e não com muita delicadeza. Todo mundo está observando sua reação ao que eu faço, então vamos fazer direito."

Balancei a cabeça e fechei os olhos determinado a não gritar novamente quando as pontas do chicote começaram a pousar onde quer que um prendedor de roupa tivesse sido colocado, mas a maioria delas estava no meu pau e nas minhas bolas.

Gemi e lutei tentando escapar do chicote até que ele finalmente parou e abri os olhos para uma senhora sorridente.

"Muito bem, Peter", disse ela e depois se dirigiu aos convidados. "Haverá um curto intervalo de tempo antes da apresentação de The Final Suspension. Você poderia, por favor, me acompanhar com uma taça de vinho gelado enquanto as meninas preparam o entretenimento final da noite?"

"Do que diabos ele está falando?", pensei.

A suspensão final? Eles vão me enforcar?

Então eles me abaixaram no chão e me disseram para me ajoelhar enquanto Angela e Cindy se ocupavam em preparar o quê: Minha morte?

Eu estava cansado demais para fazer qualquer coisa, mesmo quando a barra pesada foi desconectada do cabo e colocada atrás de mim.

Quando olhei para o meu pau, vi-o pendurado fracamente e sabia que mesmo o Viagra não ajudaria muito naquele momento.

Espantado, observei Angela e Cindy trazerem algum tipo de motor, que conectaram ao fio e depois de conectá-lo, testaram para ter certeza de que funcionava.

Em seguida, a barra que prendia as correntes às minhas algemas de pulso foi presa à parte inferior do dispositivo e a coisa toda foi içada, levantando-me até que eu fosse suspenso novamente.

Desta vez, eles afrouxaram a barra espaçadora em meus tornozelos e a removeram quando me colocaram de pé.

Cindy então colocou pesadas algemas de couro em minhas coxas logo acima dos joelhos e quando ambas foram afiveladas com força, fui colocado na posição sentada.

Senti-me totalmente entorpecido e não temi mais tentativas de me infligir dor.

Uma corrente foi então amarrada de cada coxa até a barra superior e apertada até parecer que eu estava sentado com as pernas abertas, enquanto o cabo me levantava até que eu estivesse cerca de um metro e meio acima do nível do solo.

"Cindy, vamos tentar isso antes da apresentação final."

Angela mencionou isso em voz baixa e então pegou um cabo elétrico conectado ao dispositivo acima de mim.

O que parecia ser algum tipo de caixa de controle estava conectado ao cabo pelo qual Angela começou a passar os dedos.

Fui primeiro girado no sentido horário e depois no sentido anti-horário em voltas completas em várias velocidades e depois também sacudido para cima e para baixo.

Satisfeita, Ângela mandou Cindy preparar a última peça, que observei de cima.

Eles carregaram um pesado poste redondo de aço com mais de um metro e meio de comprimento até uma posição diretamente abaixo de mim e o parafusaram no que pensei ser um buraco de drenagem embutido no concreto ao nível do solo.

Depois de se certificar de que estava bem apertado e sem nenhum movimento solto, Angela pegou um cone de aço inoxidável de uma caixa e começou a enroscá-lo no topo do poste de metal.

Na época, tudo isso estava acontecendo diretamente abaixo do meu corpo, então eu tinha uma boa visão do que estava sendo feito e do que eu achava que iria acontecer, o que iniciou uma dura sessão de luta da minha parte, pois eu não queria. parte disso.

Angela imediatamente agarrou a base das minhas bolas, apertou e bateu no saco de bolas, que ela estava segurando, o mais forte que pôde com o punho direito, fazendo-me gritar na mordaça, pois tudo que vi foram manchas pretas brilhantes diante dos meus olhos.

"Pare com isso, Peter, ou vou continuar batendo em você até você desmaiar. Entendeu?" Ângela perguntou.

Parei, mas por dois motivos, um deles foi a ameaça da Ângela e o outro foi o fato de meu corpo estar todo exausto.

Eu não aguentava mais porque a suspensão me impedia de fazer isso e eu sabia que pelo resto da noite ficaria aqui sentindo a dor.

Tentei recuperar o fôlego enquanto olhava mais de perto o cone.

Embora fosse difícil dizer, o topo era arredondado e parecia ter cerca de meia polegada de diâmetro.

Este aumentou cerca de 25 centímetros de comprimento até um diâmetro de cerca de cinco ou sete centímetros na base, que me pareceu ter cerca de três metros.

Cindy então cobriu tudo com uma espessa camada de lubrificante e depois, colocando uma quantidade substancial na ponta dos dedos, começou a esfregar meu ânus com ele.

Ela riu enquanto cuspia tentando colocar os dedos dentro de mim, o que de repente acabou dentro de mim me fazendo ofegar e gemer.

Enquanto minha bunda estava sendo cuidada, Angela conectou um CD player e rapidamente experimentou a música escolhida para esse maldito evento que ela mesma preparou, que ela esperava devolver na mesma moeda algum dia em breve.

Reconheci a música imediatamente... e sabia que sua batida lenta deixaria todas as senhoras entusiasmadas, mas me causaria muita dor.

O CD player também foi acoplado à caixa de controle do aparelho.

Angela havia pré-gravado os primeiros compassos instrumentais da música e agora tocava para chamar a atenção das senhoras e indicar que estava pronta.

Observei enquanto as senhoras chegavam e formavam um semicírculo ao meu redor a cerca de um metro e meio de distância e observei Angela cumprimentar a Senhora Lucy enquanto ela desligava a música.

"Senhoras, esta é uma breve apresentação que Angela fez e que ela chama de Suspensão Final.

Meu escravo Peter não foi informado disso até alguns minutos atrás e é uma boa maneira de meu escravo saber que sempre espera o inesperado.

"Você pode continuar, Angela." Lucy disse.

"Obrigada, senhora", respondeu Angela. "Espero que você goste do espetáculo que chamo de A Suspensão Final e que todos os homens deveriam suportar pela apresentação no Prazer da Dor."

Angela então se virou e caminhou até a caixa de controle e apertou alguns interruptores, fazendo com que Cindy se abaixasse e guiasse meu corpo para dentro do cone, que entrou alguns centímetros na minha bunda.

Gritei na mordaça com essa penetração e ao mesmo tempo percebi que todas as Senhoras estavam de braços dados e observavam atentamente essa humilhação do meu corpo.

Então a música começou e durante o primeiro minuto meu corpo foi levantado uma polegada e abaixado uma ou duas polegadas e levantado novamente e abaixado novamente o tempo todo no ritmo da música.

As Senhoras, de braços dados, também pareciam mover-se ao ritmo da música o melhor que podiam.

Também os ouvi gritando coisas como "Isso deveria acontecer com todos os homens", "as mulheres mandam", "os homens são uma escória", "viva o Prazer da Dor ", com vivas e palmas durante toda a música.

Eu sabia que a cadela Angela seria bem recompensada por isso, mas não havia nada que eu pudesse fazer a não ser ficar ali gritando toda vez que eu era penetrado em território virgem.

Durante o segundo minuto da música, devo ter sido penetrado uns sete ou dezoito centímetros, pois não estava mais me movendo para cima e para baixo, mas agora o cone foi girado em pequenos movimentos para a esquerda e para a direita.

Então o último minuto... foi aquele em que gritei o minuto inteiro, um minuto infinito me pareceu.

Não só a rotação do cone aumentou, mas também o movimento para cima e para baixo.

Eu só conseguia ouvir gritos de aprovação da multidão e sabia que estava começando a perder a consciência a cada batida e finalmente, com o fim da música, o giro parou e meu corpo caiu no cone; meu peso, perdendo-o o máximo que pude.

Então gritei mais alto do que jamais havia gritado na vida e desmaiei.

* * *

Quando acordei, estava sozinho... não havia ninguém ali.

O dia havia se transformado em noite, mas as luzes da casa e da fazenda forneciam luz suficiente para ele ver onde estava.

Enquanto eu estava deitado sob a estrutura da forca, alguém jogou um cobertor sobre meu corpo e, olhando em volta, não havia indicação de que alguma espécie de sessão espírita tivesse ocorrido.

Eu tinha imaginado tudo?

Esse pensamento mudou quando tentei me mover e senti todas as dores dentro do meu corpo.

Eu estava livre das amarras e da mordaça, nu na grama e não tinha ideia do que fazer.

Da casa vinham música e risadas, mas eu não queria nada com isso e, com dificuldade para me levantar, dirigi-me ao prédio de entrada onde havia sido preparado.

Tropecei pelo prédio e encontrei o caminho até meu carro, onde entrei rapidamente e quis ligá-lo, mas não consegui encontrar as chaves.

"Saia do carro, garoto!"

Olhei para cima e vi Cindy vestida com uma blusa branca e uma saia curta.

Sem sutiã, meu Deus, ela é linda, pensei, mas sabia que não havia nada que pudesse fazer agora.

"Você me ouviu, garoto? Saia do carro agora. Os homens devem obedecer a todas as mulheres e isso significa Peter, agora você vai dar o fora daqui no carro."

Eu estava cansado demais para discutir ou sabia meu lugar no grupo?

De qualquer forma, saí do carro e vi Cindy segurando minhas roupas para eu vestir.

"Ei, essas roupas são minhas! "Onde você conseguiu tudo isso?" Eu perguntei por.

"É só colocar e entrar no carro, tenho que te levar para casa e cuidar de você. A Sra. Lucy estava preocupada com o seu bem-estar."

Eu estava cansado demais para dizer qualquer coisa e grato por alguém me levar para casa.

Cindy estacionou na lateral da garagem, sem optar por entrar ou abrir a garagem.

As luzes da casa estavam acesas e eu sabia que não tinha deixado nenhuma acesa, então percebi que eles haviam pegado minhas chaves e preparado a casa em algum momento da noite.

Depois que ela me levou para dentro de casa, Cindy me levou ao banheiro e me levou para o chuveiro, que ela tomou comigo.

Ela me lavou, me segurando perto dela... era tão macio e tão bom que eu sabia que em pouco tempo meu corpo voltaria ao normal.

Quando a água caiu sobre nós, ouvi um barulho alto na área do quarto.

"O que foi isso? Tem mais alguém aqui?"

"Relaxe, Peter. Esse foi apenas o sistema de refrigeração central ou algo assim. Você teve um dia difícil. Vamos nos secar e deitar na cama."

Ela gentilmente me arrastou até secar, beijando meu corpo onde estava dolorido ou marcado e, finalmente, ela me deu um beijo forte nos lábios com sua língua parecendo massagear a minha.

Oh Deus, ela está me excitando.

Nus , fomos de braços dados até o quarto de hóspedes, que estava com todas as luzes acesas.

Achei que Cindy tinha feito isso.

Quando entramos, fiquei surpreso ao ver a senhora Lucy nua na cama, vestindo apenas uma calcinha preta.

"Ah, aqui estão meus dois escravos. Ambos parecem fantásticos. Venha, Cindy, e junte-se a mim. Não, você não, Peter, eu não quero escravo. Seus serviços não serão necessários esta noite, então vá para o quarto principal agora!" "

Meu coração caiu mais forte do que nunca ao ouvir suas palavras e com a cabeça baixa, fui para o meu quarto.

Estava escuro, então naturalmente acendi a luz e lá no chão do quarto estava a Ângela!

Ela estava nua com algemas de metal nos pulsos presas atrás das costas e também nos tornozelos e levantada em uma posição submissa por ter seus longos cabelos amarrados com uma corda que estava bem amarrada nos tornozelos.

Uma piada conteve seus suspiros enquanto ela me observava apreciar sua beleza e percebia o que aconteceria a seguir.

Ao lado havia um pequeno chicote de couro com uma única cauda trançada que parecia um chicote em miniatura, e em cima dele havia um bilhete.

O bilhete era da Sra. Lucy e dizia simplesmente:

"Lembre-se, Peter, sempre espere o inesperado."

Quando levantei o chicote, minha masculinidade voltou com força e soube a partir daquele momento que jamais deixaria de pertencer ao Prazer da Dor.

O DESEJO DE SANDY

"Vou esperar por você em seu quarto de hotel habitual esta noite, preciso de você."

Sandy desliga o telefone na cara de Sam, antecipando nervosamente sua grande noite.

Ele nunca deu passos tão ousados com qualquer outro amante.

Embora ela fosse exigente e faminta como um lobo , nenhum homem tocou suas paixões mais profundas como este amante.

E quando ela menciona isso provisoriamente para ele, para sua alegria, ele é receptivo.

Sua mente enlouqueceu.

Esse amante pode realmente dar a ela o que ela deseja?

Em sua rotina diária, Sam é um homem poderoso e bem-sucedido, um homem que todos em seu mundo param para ouvir.

E em seu mundo, Sandy é uma mãe suburbana, casada e tranquila, também ouvida, mas apenas por crianças pequenas.

Ela deseja controle e respeito quase tanto quanto ele deseja que alguém cuide dele.

Alguém para assumir a responsabilidade.

Alguém para aliviar a pressão de estar sempre no comando.

* * *

Sandy fica em frente à porta do quarto do hotel, sabendo que ele a espera lá dentro.

Nervosamente bate na porta.

Reunindo coragem e relembrando suas fantasias, ele desempenha um pouco seu papel.

"Abra a porta agora ou vou para casa."

Sam sorri ao ouvir a voz de seu amante ordenando-o.

Ela quase consegue ouvir a risada musical que acompanha a maior parte de seu discurso, sabendo que ele em sua vida geralmente a faz rir e isso em particular é uma mudança de ritmo para ela , então ela deve estar explodindo de alegria.

Quando a porta se abre, ela evita sorrir.

Ele sorri para ela e seus olhos perfuram os dela em uma tentativa involuntária de lutar pelo controle da situação.

"Esta noite não, Sam. Esta noite não. Eu estou no comando esta noite, não você. Tire tudo e vá para a cama. Agora abrace-se ou eu vou embora."

Sandy fala essas palavras com confiança crescente.

Sua voz ressoa com firmeza.

Com os pés firmemente plantados no chão, Sandy o observa se despir.

Cada peça de roupa que ele tira revela um pouco mais de seu incrível físico.

UAU.

Como ela gosta.

"Agora deite-se na cama. E não se mova, Sam, ou irei embora. Estou falando sério."

Sandy parece séria e firme, seu primeiro exercício de controle, e sua excitação aumenta a cada minuto.

Ele se deita na cama, sua masculinidade, fraca no momento, crescendo lentamente, criando uma linha perpendicular ao seu corpo deitado.

"Seus olhos estão em mim. Olhe para mim."

Sandy está parada ao pé da cama, com seu amante nu na sua frente.

Embora muito lenta e deliberadamente, removendo cada peça de roupa.

Puxando lentamente a camisa pela cabeça, ele para na frente dele.

Seu decote se projeta das copas de seu sutiã preto tentando, debilmente, manter seus seios no lugar.

Sua cintura fina é coberta por um espartilho preto amarrado na frente para enfatizar suas curvas.

Ela lentamente remove a saia, centímetro por centímetro, revelando uma minúscula tanga preta de contas com delicados laços pretos em cada quadril.

Virando-se para que ele fique de costas para ela, ela lentamente desabotoa o sutiã para que seus seios balancem livremente sobre o espartilho, livres de sua prisão temporária.

Sandy suspira de alegria.

De costas para o amante, ela vira a cabeça por cima do ombro dele e o avisa novamente:

"Não se mova".

Virando-se lentamente e expondo seus deliciosos seios para ele, ela carrega o sutiã nas mãos.

Jogando-o em direção à cama, ele cai sobre seus joelhos.

A renda do sutiã faz cócegas em seu joelho e ela começa a se abaixar para tirá-lo.

Sandy olha para ele com severidade:

"Este é o seu primeiro aviso. Não se mova. Você sabe muito bem o que acontecerá se o fizer."

Ao lutar para ficar imóvel, você sente que seu sutiã está desconfortável, fazendo cócegas em seu joelho.

Ele está cada vez mais consciente de sua presença.

Sua pele formiga com vontade de coçar.

Enquanto seus olhos continuam a se encontrar, Sandy lentamente puxa os laços nas laterais de sua calcinha preta, desamarrando-a.

Enquanto isso, cai no chão, junto com as demais roupas.

De pé, agora completamente nua, exceto pelo espartilho, Sandy levanta lentamente o joelho esquerdo do pé da cama até o colchão, prestes a rastejar em direção a ele.

Levantando o outro joelho, ela fica aos pés dele.

Com as mãos esticadas para a frente, seu corpo balança ligeiramente com luxúria descontrolada.

Ela balança de joelhos, imitando o desejo dele de montar seu pau duro, enquanto olha com desejo em seus olhos.

Sam fica ali deitado, disposto a manter as mãos ao lado do corpo, lutando contra a vontade de assumir o controle desta linda gatinha sexy ao pé de sua cama.

Ele se lembra de quanto tempo eles esperaram para realizar essa fantasia adequadamente e quer realizá-la até o último detalhe.

Ele se contorce impacientemente, lembrando a si mesmo que, se se mexer, vai estragar aquele jogo delicioso.

Seu pau fica em posição de sentido e Sandy não pode deixar de notar como ele parece absolutamente apetitoso.

Lambendo os lábios sugestivamente, ele encontra o olhar dela, notando o suor se formando em seu lábio superior.

Enquanto ele luta para seguir seus desejos para aquela noite.

Ela para e percebe que o sutiã ainda está roçando no joelho, sabendo que o material do tecido deve estar deixando-o louco.

Felizmente para ele, ela o levanta do joelho.

Mas então ela passa a malha e o tecido de renda lentamente subindo pela coxa, passando pela virilha, acariciando levemente a pele, até que finalmente o joga atrás de si na pilha de roupas descartadas ao pé da cama.

Deslizando seu corpo graciosamente, ela aproxima sua boca a centímetros da dele.

Olhando para os lábios dele, ela sabe que esta é a boca que ela beija com paixão crua, com tanta fome.

Ela sabe que ele está lutando contra seu desejo mais forte de não ficar parado e devorá-la com a boca.

Sentada em seu peito, apoiando seu corpo com suas pernas fortes, sua boceta ansiosa e sua pele exuberante esfregam-se contra seu torso.

Montando nele, ela pergunta suavemente:

"Você gostaria de me provar?"

Tremendo, sabendo que eles trocaram completamente o poder naquela noite, ele só consegue acenar com a cabeça.

Em resposta ao aceno dele, Sandy passa o dedo médio sobre sua fenda gotejante, levantando-se ligeiramente, para que ele fique olhando para ela.

Com o dedo brilhando com os sucos dela, ele passa embaixo do nariz dela, sem tocar sua pele.

"Você pode me cheirar, Sam?"

Ele acena novamente.

"Você gostaria de me provar, Sam?"

Sandy absorve completamente seu papel de responsável e gosta de provocá-lo e provocá-lo, sabendo que no final da noite eles terão experimentado algo completamente novo.

Sandy toca o dedo no lábio superior trêmulo, alimentando-o com seus sucos como um oásis no deserto.

Conforme você passa o dedo sobre os lábios dela, ela se inclina para frente, de modo que seus seios balançam e roçam o peito dele enquanto ela faz isso.

Mostrando a língua, ele lambe apenas os lábios dela, compartilhando seus sucos, saboreando seus lábios, contendo-se para não devorá-lo, sabendo que uma vez que a beije, ele perderá o controle que tanto trabalhou para conseguir.

Com os lábios tensos enquanto toca, Sandy rapidamente recupera a ligeira perda de compostura.

Enfiando o dedo entre os dentes, ele lambe a essência dela.

Os olhos dela e os dele nunca se separam e com o olhar eles já se foderam milhares de vezes antes mesmo de as partes de seus corpos convergirem.

Deslizando um pouco pelo torso dele, sua bunda brinca com seu pênis ereto enquanto suas nádegas envolvem sua masculinidade latejante enquanto ela luta para empurrar entre suas pernas.

Ela continua deslizando para trás, sua flor quente roçando a ponta de sua vara dura, atormentando-o e provocando-o com seu calor.

Ela desliza pelas pernas dele, e ele se esforça para mantê-las imóveis, até que sua boca alcança sua enorme ereção.

Deslizando lentamente a ponta da língua entre os lábios, Sandy lambe a cabeça, mas nada mais.

Seu amante se esforça para empurrar profundamente em sua garganta, mas ela se recusa a sucumbir ao desejo de envolvê-lo com a boca.

Em vez disso, ela o atormenta lentamente, apenas lambendo como uma casquinha de sorvete, saboreando a cabeça arredondada de seu pênis.

"Você quer mais, Sam?" Sandy pergunta docemente.

"Uh huh", uma resposta estrangulada emerge de sua garganta.

"Preciso que você mostre o que quer. Mostre-me o que fazer com a sua boca."

Quando Sandy diz isso, ela desliza o corpo do pau dele em direção à boca dele, onde planta sua boceta pingando perto da boca dele.

"Mostre-me como você gosta de ser lambido. Preciso aprender e só você sabe o que mais precisa."

Sandy monta diretamente em sua boca, enquanto agarra a lateral de sua cabeça com as duas mãos, guiando sua cabeça para frente para colocar sua boca e boceta em contato direto.

"Coma-me. Mostre-me o quanto você me quer."

Quando ela ordena que ele faça isso, Sandy solta a cabeça e deita-se sobre os braços, aproximando a boceta da boca dele.

Jogando a cabeça para trás em êxtase, ela percebe que seu amante está mais uma vez gostando de sua encenação enquanto ele circula avidamente sua boceta, sabendo que se ela fizer um bom trabalho, as recompensas serão imensas.

Passando a língua pelos lábios dela, abrindo sua flor, chupando seu clitóris, ele alternadamente se sente mais incrível em sua boca faminta.

Ele continua lambendo-a até que sua excitação desça pelo queixo dela.

Ele estende a mão para agarrar seus quadris e ela se afasta rapidamente.

"Eu disse para você não se mover. Este é o seu segundo aviso."

Enquanto ela rapidamente remove sua boceta da boca dele, ela observa o olhar perplexo nos olhos de seu amante.

Incapaz de permanecer completamente no personagem, Sandy se inclina para frente e lambe ternamente os sucos de seu rosto, beijando suas bochechas e olhando em seus olhos para que ele entenda que ela realmente está jogando o jogo, mas que nada realmente a afastará dele.

Depois que ela lambe sua boca, a lembrança de sua própria excitação quase o faz perder o controle.

Tremendo para manter seu papel, ela rapidamente se afasta dele novamente e sai da cama para olhar seu amante ali deitado, esperando seu próximo movimento.

Seu pênis brilha onde ela lambeu a cabeça, mas ela percebe uma pequena gota de pré-sêmen saindo da ponta.

"Sam, parece que você está muito animado. Você pode me contar sobre isso?"

"Você está me deixando louco, Sandy. Esta é a tortura mais doce que já conheci."

"Bem, Sam, a paciência tem suas recompensas e quero que nós dois aprendamos alguma coisa. E não estou nem perto de terminar com você."

Ao dizer isso, ela rapidamente se levanta da cama e se inclina para dar ao amante uma visão de sua bunda maravilhosamente arredondada.

Ele geme com desejo, sabendo que só precisa assistir.

Ela tira algo da bolsa e se vira segurando um pequeno objeto, mas com o punho cerrado, obviamente, porque não está preparada para ele ver.

"Feche os olhos", ele ordena.

Toda a sua força de vontade é testada, pois as únicas restrições e proibições que usam para esta encenação são puramente mentais.

Ele optou por não se mover nem abrir os olhos simplesmente porque Sandy solicitou.

Ele sente o corpo dela se mover próximo ao dele e o colchão se move ligeiramente, pois ela deve ter se sentado ao lado dele.

A sua pequena mão toca a cabeça da sua pila, o seu dedo esfrega o pré-cúmulo à volta do topo.

"Sam, parece que você está pronto para explodir. Mas eu estou pronto para isso. Mas não se preocupe e não abra os olhos nem se mova."

O silêncio é ensurdecedor, pois o único som na sala é a sua respiração cada vez mais difícil.

Sandy agarra seu pau com uma mão e com a outra desliza algo sobre a cabeça, um anel de metal frio que provoca um arrepio em seu corpo e faz sua espinha estremecer.

Ela desliza o anel até a base de seu pênis e seu pulso se contrai.

Imediatamente, você sente que está ficando mais forte e inchado.

"Abra seus olhos."

Seu amante abre os olhos e vê um flash de metal e uma almofada na base de sua enorme ereção.

"Um anel peniano, hein?"

"Este é o meu curinga de segurança, Sam. Tenho muito a ver com você e não quero que isso acabe antes de começar. Você consegue sentir isso?"

"Sim, está apertado."

"É incomodo?"

"Não, apenas diferente."

Seu amante engole, um pouco nervoso, por nunca ter usado nenhum tipo de brinquedo adulto.

"O rolamento foi projetado para me dar prazer. Vou ver como é. Fique quieto."

Sandy está gostando de seu jogo de controle e sua excitação está começando a atingir um nível febril.

Seus sucos quentes fluem livremente, então tudo que ela precisa fazer é montar nele e cair sobre ele, que imediatamente a enche com seu enorme pau.

Ela se inclina para frente fazendo o rolo rolar sobre seu clitóris.

Seu corpo imediatamente aquece o metal frio e pressiona sugestivamente contra seu ponto mágico enquanto ela balança para frente.

Seu pênis arqueando ligeiramente enquanto ela aperta na tomada.

Ela agarra seus pulsos com suas pequenas mãos, embora qualquer tipo de imobilização seja meramente simbólica, já que ele poderia facilmente derrotá-la.

Seu jogo não é realmente sobre poder.

Ela simplesmente se apresenta como a agressora, a heroína conquistadora.

Com uma piscadela maliciosa de compreensão tácita entre eles, o prazer mútuo se intensifica.

"Isso é o que eu quero, Sam. Você pode me sentir? Você pode sentir o quão quente você me deixa?"

Sandy morde o lábio inferior enquanto pressiona com mais força.

As paredes de sua vagina se apertam, agarrando o membro de Sam com domínio possessivo.

Ela fica mais alta, apertando seu pau enquanto ele sente o anel peniano restringindo sua excitação, tornando-a mais difícil.

Sam faz uma careta, pois seu instinto é empurrar seus quadris descontroladamente nas profundezas de seus encantos femininos.

Mas lembrando que já tem dois avisos, ele luta para se conter.

Sandy desliza para o topo de seu pênis, apenas com a cabeça dentro dela, e fica perfeitamente imóvel, pronta para soltá-lo ou cercá-lo.

O momento tenso continua quando Sandy permanece perfeitamente imóvel.

"Sam, você está gostando disso? Você gosta de como seu amante joga? Você pode me seguir de novo?"

A provocação divertida de Sandy emociona Sam quando ele percebe que só pode cruzar a linha uma vez.

Em vez de responder, ele levanta os quadris e afunda nela seu membro latejante e cheio de masculinidade.

O rolamento do anel peniano rola sobre seu clitóris e ele sorri divertidamente para ela,

"Três avisos me mandam para o banco?"

Sandy estremece por um momento, determinada a manter o controle, e sorri para Sam.

"Analogia com o beisebol, hein? Eu chamaria isso de uma decisão errada. Vamos para outro arremesso."

Sandy continua segurando o pulso de Sam com uma espécie de aperto falso enquanto ela relutantemente se afasta dele.

Assistindo, de repente a premissa do jogo se torna menos importante.

Ela quer que esse homem penetre dentro dela e está perdendo sua força de vontade a cada minuto.

"Acho que preciso verificar com o arremessador", afirma Sandy, mantendo viva a analogia do beisebol, mas inclinando-se para beijar Sam.

Pressionando a boca contra a dele, ela geme de desejo, enquanto a dramatização evapora rapidamente.

Sem fôlego, ela se afasta dele.

"Foda-me agora. Essa é a minha ordem, Sam."

Sam sorri para sua Sandy e dá um suspiro de alívio.

"Com ou sem essa coisa?"

Sam aponta para o anel peniano com curiosidade.

"Com isso, até que você esteja prestes a atingir o clímax, então vou tirá-lo."

Sandy rola de costas e abre as pernas com um convite sedutor.

"Sam, lembre-se que ainda estou no comando e quero que você me foda com a boca."

"Com prazer, minha senhora. Com prazer. Agora é a sua vez de ficar quieta."

Enquanto Sandy abre as pernas, Sam se posiciona entre elas e gira avidamente a língua entre elas, procurando o néctar. desliza sobre sua língua, que flui agradecida por sua excitação.

Enquanto ele lambe a flor aberta, andando ao redor dela, Sandy geme com um desejo primitivo.

Sandy se perde nas sensações da língua de Sam e flutua até um lugar distante de seu quarto de hotel.

Agarrando a cabeça dele, ela silenciosamente o convida a se juntar à sua jornada extasiada.

Sam mede suas respostas e sabe que está à beira do orgasmo.

Ele desliza pelo corpo dela, o gosto dela ainda em seus lábios.

Ao empurrar a sua pila dentro dela, ele beija-lhe profundamente a boca.

Entrando nela com facilidade, Sam sente as paredes trêmulas dela o cercando.

Ela sente o anel dele contra seu clitóris enquanto Sam empurra de novo e de novo, mostrando a ela que são necessários dois, não um, para fazer amor.

Ela dobra as pernas para trás até que elas descansem nos ombros de Sam, e ele a penetra completamente.

O corpo dela está cheio dele, seu clitóris faz cócegas e ele sente cada profundidade de sua feminilidade.

Sam consome seu rosto, pescoço e ombros com seus beijos.

"Ah, Sam."

Sam acelera o passo, sabendo que sua Sandy está muito perto do clímax.

Ela começa a se mexer e ele se lembra da premissa da noite.

"Você está pronta, minha senhora?"

"Eu estou."

Parando por um momento, Sam se afasta de Sandy novamente.

Ela agarra o pau dele, saturado com seus sucos, e enrola o anel peniano para cima.

A bola de metal arredondada traça um caminho invisível ao longo do seu pênis.

Segurando o anel brilhante na palma da mão, ele sorri para o símbolo de seu êxtase mútuo.

Sandy leva o anel à boca e lambe a circunferência, sem nunca desviar o olhar dos olhos de Sam.

Segurando o anel entre os dentes, ela se inclina na direção de Sam enquanto ele o tira de seus dentes, apenas para jogá-lo na cama.

"Você é tão linda que nada pode me impedir de querer estar dentro de você, em todos os sentidos."

"Leve-me, meu amante."

Sem outra palavra, Sam empurra sua ereção furiosa na abertura faminta de Sandy.

Ela praticamente o recebe lá dentro com um grito de boas-vindas.

Ele repetidamente a empurra de forma selvagem, uma e outra vez.

Sandy geme de paixão incontrolável.

" Mmmmmmmmmmm , Sam. Oh querido. Assim, assim, mais alto, assim ."

"Oh, querido, Sandy, eu te amo tanto."

"Vamos Sam, mais forte."

Sam faz uma pausa por um momento, saindo do calor de Sandy.

"Sandy, estou pronto para explodir. Você está pronto?"

"Eu estava pronto para você no momento em que você entrou, Sam."

Quando Sandy diz isso, ela se agacha, guiando Sam de volta à sua ansiosa abertura.

Em um movimento rápido, Sam avança em direção a Sandy e cerra os dentes.

Enterrando seu pau latejante profundamente nela.

Ela geme como uma mulher que de repente foi preenchida com tudo o que precisa.

"Oh Sam, você ainda tem algo enorme para mim."

"Por que seu marido não preparou isso para você? Fiquei me preparando o dia todo . Adorei ver você assumir o controle."

"É verdade que você não é assim, e adoro compartilhar o que você tem comigo."

Os amantes param de falar e começam a se mover mais rápido, ambos perigosamente próximos do clímax.

Sam empurra repetidamente e Sandy se levanta para enfrentar cada impulso enquanto eles valsam em alegria primordial.

"Oh Sam, goze comigo... eu já estou aí..."

Sandy engasga e se contorce enquanto seu rosto se contorce de paixão descontrolada enquanto ondas de músculos contraídos tomam conta de seu núcleo e irradiam prazer por seu corpo.

"Ah, Sandy..."

O corpo de Sam enrijece e ele a toma em seus braços enquanto transfere toda a sua energia de seu pau pulsante para o corpo acolhedor de Sandy.

O seu esperma flui para dentro dela, enquanto o sumo dela flui à volta da sua pila, em êxtase líquido.

Desabando sem fôlego no colchão, eles ficam de mãos dadas enquanto seus batimentos cardíacos diminuem.

"Isso foi muito melhor do que a rapidinha habitual, você não acha?" Sam sorri maliciosamente para Sandy.

"Ah, sim, e a viagem do meu marido foi útil. Para que pudéssemos aproveitar melhor o nosso quarto."

"Bem, querido, eu realmente não queria gastar toda a minha paixão reprimida para levar minha esposa para a cama. Eu queria dar tudo para você."

"E eu queria que você desse tudo para mim. Eu diria que realizamos nosso desejo, certo?"

"Sim. E ainda temos tempo para mais, já que minha esposa não me espera em casa tão cedo..."

"Brilhante! "Vamos ter que deixar aquele pau gostoso duro de novo", disse Sandy enquanto se abaixava para lamber o pau dele novamente...

APOCALIPSEX ZUMBI

A melhor parte do apocalipse zumbi?

As meninas agradecem quando você salva suas vidas.

Estou falando sério.

Eles realmente querem, mesmo se você tiver um tipo como o meu.

Não sou o cara mais alto da cidade, nem o mais inteligente, nem o mais bonito.

Eu sou tão normal quanto você pode imaginar.

Tenho um metro e setenta de altura.

Tenho cabelos castanhos lisos que deixo curtos.

Não é mogno ou cabelo castanho.

Não é longo, nem ondulado, nem especialmente brilhante.

É marrom, como um típico desenho animado marrom.

Não sou gordo nem magro.

Eu só estou, caramba, eu não sei.

Fora de forma?

O melhor exercício que já fiz foi brandir a espada medieval que comprei num Festival da Renascença há alguns anos.

Droga, adorei girar aquela garota má.

Ele até comprou melancias, apoiou-as em um poste e cortou-as como um verdadeiro guerreiro medieval.

Eu admito.

Na minha opinião, sempre fui um pouco ruim.

Quem poderia imaginar que todo aquele golpe de espada um dia seria útil?

Mas nada disso foi suficiente para salvar minha mãe ou minha irmã.

Acho que devo dizer que também não consegui salvar meu pai.

Mas é engraçado dizer que não consegui salvá-lo, quando fui eu quem cortou sua cabeça.

Sim, isso é uma merda.

Eu gostei do antigo.

Eu estava afiando Excalibur, como chamava minha espada, de joelhos quando ele entrou em meu quarto.

Percebi que algo estava errado.

Ele estava coberto de sangue por toda parte, que mais tarde descobri que era da mamãe.

Não vi onde ele foi mordido, mas não importava.

Ele rosnou, assim como nos filmes.

Era um ruído profundo e gutural que parecia vir de um animal e não de um humano.

Ele cambaleou em minha direção, com as mãos cobertas de sangue estendidas, e eu sabia.

Não sei como eu sabia, eu simplesmente sabia.

Então me levantei e gritei algo como "Afaste-se!"

Quando ele não reagiu, balancei a espada.

Meu primeiro assassinato.

Pai.

Morto e morto novamente.

Depois de vomitar, me senti bem.

Corri pela casa.

Encontrei minha mãe morta e em pedaços.

Minha irmã estava no quintal com outros três zumbis ainda a mordendo.

Ela sempre foi uma prostituta.

Cuidei de cada um deles sem extremo preconceito.

Foi mais fácil do que parece.

Com a comida na frente deles, minha irmã, os zumbis pretendem comer.

Eles não se importam muito se mais alguém participa do festival.

Eles não se importam se há mais almoço grátis por perto.

Eles só se preocupam em chegar às guloseimas que estão dentro.

Depois que o coração, os pulmões e os órgãos desaparecem, começam os problemas.

Então eles se levantam e procuram mais.

O ruim é o quão rápido eles conseguem comer.

Eles podem passar por um humano mais rápido do que, bem, não sei o quê.

Depois de matar o último zumbi que estava comendo minha irmã, olhei para o que restava dela.

Não foi bonito.

Havia pedaços de pulmão e a maior parte de seus intestinos.

Aparentemente, os zumbis não gostam de comer merda.

Realmente, quem pode culpá-los?

Nancy Williams é a gostosa presunçosa que mora ao lado da minha casa.

Existe um jardim que separa as nossas casas.

Parei o tempo suficiente para calçar o tênis e corri em direção à casa dele.

Talvez eu tenha chegado tarde demais, não sabia, mas tinha que tentar.

Nancy pode ser uma vadia arrogante, mas ela não merecia morrer nas mãos e na boca de um zumbi.

Não correu bem.

Enquanto corria, pude ver que as luzes externas estavam acesas.

As luzes funcionam como um detector de movimento.

À medida que me aproximava, pude ver por que eles estavam ligados.

Três dos mortos-vivos estavam no jardim da frente e tropeçando em direção à porta.

Observei enquanto o primeiro corria em direção à porta antes que eu pudesse chegar lá.

Como um idiota, o pai de Nancy abriu a porta e foi o primeiro a morrer.

Isso me deu a oportunidade de eliminar os três zumbis que caíram sobre o cara para jantar.

Como eu disse, quando estão comendo, os mortos-vivos ignoram todo o resto.

O pai de Nancy parecia um desastre.

Pulei em seu corpo e liguei para Nancy.

Por outro lado, tive sorte de a mãe de Nancy ter aparecido.

"O que você fez com meu marido?" ela gritou e jogou uma lâmpada em mim.

Uma maldita lâmpada!

Eu bati nela com Excalibur.

Todo aquele beisebol que ele jogou quando criança também ajudou.

"Sra. Williams! Zumbis!" Eu tentei explicar.

Ela me lançou um olhar selvagem e correu em direção aos restos mortais do marido. Má ideia.

Peter Williams foi ruim o suficiente para morrer e voltar.

Ele agarrou sua esposa e começou a comer.

Esses são os gritos que ainda me mantêm acordado algumas noites hoje.

Mesmo que não seja a senhora. Williams, quando ouço gritos ao longe, sempre substituo os gritos deles pelos que ouvi naquele dia.

Ser comido vivo dói.

Tive muito tempo para resolver o mistério.

Se eles te morderem, você se vira.

Não importa onde eles mordam você, apenas que eles o façam.

Você tem que evitar ser um pedaço.

E não me pergunte por quê, mas ter tripas ou sangue de zumbi em você ou na boca não vai resolver.

Se a mordida for fatal (o Sr. Williams foi mordido primeiro na jugular) e outros zumbis não o despedaçarem, você pode virar rapidamente.

Assim que você morrer, eu acho.

Se for uma mordida não fatal, demora um pouco para que o veneno faça seu trabalho.

Você ainda morre e se torna um morto-vivo, mas isso pode levar algumas horas ou até dias.

Então é por isso que, depois de um tempo, você começa a matar os recém-mordidos com tanta impunidade quanto dá às coisas já transformadas.

Porque não?

Eles só vão causar problemas mais cedo ou mais tarde.

Não faço muito isso, mas faço.

A Sra. Williams ainda estava gritando quando foi assassinada de forma sangrenta (na descrição mais precisa que posso dar) quando Nancy entrou correndo na sala.

Eu estava confuso e assustado.

Ela viu o que seu pai estava fazendo com sua mãe.

"Faça algo!" ela gritou comigo.

Eu já estava nisso.

Balancei a espada na cabeça do Sr. Williams e o decapitei.

Rasgada e mutilada, mas mal comida, a mãe de Nancy virou-se rapidamente.

Ela rosnou para mim e isso era tudo que eu precisava.

A certa altura ele ficou sem cabeça.

"Santo céu!" Nanci disse.

"Sim. Zumbis", expliquei.

"Não brinca", disse ela.

Ele estava vestindo uma camiseta justa e shorts de algodão.

Ele parecia quente como o inferno.

Ela não estava usando sutiã.

Seus mamilos estavam duros como o inferno.

É engraçado como consigo me lembrar de tudo isso como se tivesse acontecido ontem.

"Tem mais?"

"Mais três mortos na frente", eu disse.

Fiz o possível para afastar os restos mortais de seus pais e fechar a porta.

A televisão estava ligada na sala e os locutores haviam entrado na programação com as últimas notícias.

A merda era real e estava acontecendo em todos os lugares.

Ninguém sabia por quê.

Ninguém sabia se havia o marco zero.

Ninguém se importou.

Nancy e eu fomos até o sofá e olhamos para a tela com espanto.

"Obrigada por salvar minha vida", disse ela depois que a realidade dos novos tempos foi absorvida.

"Sem problemas", eu disse.

"Porque eu?"

"Porque você é bonita", eu disse a ela.

Era a verdade e eu estava com muito medo de mentir.

"Obrigado", disse ele e continuamos assistindo TV.

Não me lembro quando isso aconteceu, mas depois de um tempo, Nancy sugeriu que eu tomasse um banho e lavasse o sangue.

Eu fiz.

Ele me deu algumas roupas de seu pai para vestir.

Não me serviu muito bem.

Eu nao me importava.

Eu poderia ir para casa e procurar roupas.

Então ele me levou para o quarto dele.

"Eu não quero morrer virgem", ele disse e me deu um beijo hesitante.

"Você é virgem?" Eu perguntei.

Considerando que os mortos voltavam à vida e comiam os vivos, provavelmente foi um pequeno detalhe, mas ainda assim me surpreendeu.

"Se você não?"

"Porra, não", eu disse.

"Merda."

"Estou falando sério", insisti.

Ela colocou a mão no quadril e me deu aquele clássico olhar pervertido que felizmente termina depois do ensino médio.

"Quem?" Ele demandou.

"Katty Walker? Andy Müller ?"

"Não , na verdade eu fiz isso primeiro com Vicky Flowers , mas também fiz algo com as outras duas. E eles eram divertidos. Sinto falta deles".

"Por que você não salvou um deles?"

"Você estava mais perto."

"Não acredito que sou virgem e você não", disse ela.

"Significa apenas que sei o que estou fazendo", sugeri.

"Se não morrermos e você contar a alguém sobre isso, eu vou te matar."

Coloquei a Excalibur ao lado da porta do quarto dele, onde ele poderia pegá-la facilmente.

Então eu a beijei.

Eu não brinquei de beijá-la, quero dizer, eu a beijei.

Foda-se.

Eu era o herói.

Ele já tinha visto filmes suficientes.

Eu ia beijá-la como um herói.

Pressionei meus lábios contra os dela e empurrei minha língua em sua boca.

Nancy gemeu de surpresa antes de derreter contra mim.

Então ele se afastou e tirou a camisa.

Eu tinha razão.

Ela não usava sutiã, tinha mamilos grandes e seus seios eram perfeitos, serviam para mim como um pedaço de bolo de cada lado.

Acho que é lascivo da minha parte entrar em detalhes sobre o que aconteceu a seguir, mas foda-se.

Até aquele momento da minha vida, Nancy era a dez perfeita para mim.

Ela era a garota sexy que todo cara usava em suas fantasias.

Tirei a roupa do pai dela (assustador, eu sei) e deixei ela ver meu pau duro.

"Não sei o que fazer", disse ele.

"Tire o short e eu cuidarei do resto", eu disse a ele. "Você já viu um pau duro antes, certo?"

"Em filmes e outras coisas."

"Bom o suficiente. Então você sabe que deveria chupá-lo primeiro, certo?"

"Tenho que?"

"Não, você pode morrer virgem", eu disse e fingi me vestir.

"Espere, assim?" ela perguntou.

Ela envolveu seus lindos lábios carnudos em volta de mim e começou a chupar.

Ela não era muito boa nisso.

Ela não era tão boa quanto Andy Muller .

Agora aquela vadia poderia chupar a porra de um pau!

Mas isso não importava, não realmente.

Não iria caber na boca de Nancy.

Eu só queria ver a cara dela enrolada à volta da minha pila.

Era uma lembrança do meu irmão que ela não conhecia.

Foi um agradecimento a todas as vezes que um de nós, o irmão, disse ao outro: A única coisa que a deixaria mais bonita seria vê-la enrolada no meu pau.

Enquanto ela bebia, eu esperava que meu irmão estivesse bem.

"Eu estou fazendo bem?" ela perguntou.

"Bom o suficiente", eu disse.

Eu estava pronto para foder.

Foda-se.

Foda-se tudo.

"Por que você não sobe na cama?"

Nancy subiu na cama, deitou-se de costas e olhou para mim pensativa.

"Vai doer?"

"Talvez", eu disse e me posicionei entre as pernas dela pela primeira vez.

Vicky foi a primeira.

Antes de fazer isso, lemos sobre como fazer.

É o que os nerds fazem, eu acho.

Pela nossa leitura, eu sabia que algumas meninas, aquelas com o hímen intacto, podiam sentir uma dor aguda quando ele se rompia.

Pode haver um pouco de sangue.

A partir daí, seria uma navegação tranquila.

Foi assim com Vicky e Andy.

Esse não foi o caso de Nancy.

Deslizei para dentro dela sem nenhum problema.

"Tem certeza que é virgem?"

Bem, em retrospecto, essa não era a coisa mais apropriada a se dizer quando você encontrava uma garota que lhe dizia que era virgem.

"Seu filho da puta! Saia de cima de mim!" ela gritou, empurrando-se contra mim.

Eu saí disso.

"Que porra você quer dizer?"

"Só estou dizendo que as outras garotas..."

"Foda-se essas putas", disse ele e começou a chorar.

Perfeito, pensei.

Como se um apocalipse zumbi não bastasse, ele teve que lidar com uma criança mimada e chorosa.

"Sinto muito", eu disse e saí da cama dele.

"Onde você está indo?"

"Não sei. Casa? Matar mais zumbis? Não sei."

"Mas eu pensei que íamos fazer isso, você sabe..." Ela ainda estava soluçando.

"Nós simplesmente conseguimos. Basta um golpe. Parabéns, agora você não é mais virgem."

"Mas Julian disse que não contava a menos que eu tivesse um orgasmo."

" Julian ? Julian Walker?" Eu perguntei.

Ela assentiu.

era Julian Walker .

Ele era a estrela do time de futebol americano da escola e era namorado dela.

"Você e Julian transam?"

"Nós fazemos essa parte, mas Julian disse que eu ainda era virgem porque não tive orgasmo."

"Você já teve um orgasmo?"

Ela corou e assentiu.

"Quando eu mesmo faço isso."

"Com os dedos."

"Ei, não! Estou usando meu brinquedo. Não vou me tocar aí."

"Posso ver seu brinquedo?"

"Não", ela disse.

"Tudo bem", dei de ombros.

Peguei as calças enormes do pai dele.

Tive que usar algo no caminho para casa.

"Espere, aqui está", ela disse e tirou um enorme vibrador de borracha da gaveta da mesa de cabeceira.

"Você usa isso em si mesmo?" Eu perguntei, atordoado.

Ela assentiu.

"Dentro ou fora?"

"Ambos. Eu gosto de dentro, bem fundo. Isso é ruim, né? Julian disse que é por isso que era tão grande lá embaixo."

Fiquei confuso por um momento.

Ele não estava dentro dela há muito tempo, mas estava longe de ser grande demais.

Ela se sentiu tensa.

Eu sabia que o aperto não tinha nada a ver com a virgindade, então só me restava uma resposta.

"Posso te fazer uma pergunta? De quem é maior, o meu ou o do Julian ?"

Eu a enfrentei com meu pau ainda duro na frente dela.

O de Julian tem metade desse tamanho. Você é negro?"

"Que?"

" Julian disse que os únicos caras com paus maiores que o dele eram negros."

"Nancy? Julian estava mentindo para você. Sou maior que a média, mas não sou uma aberração da natureza."

" Julian disse que todos os caras do pornô eram parcialmente negros."

" Julian é um maldito mentiroso", eu ri e me perguntei de quantas outras maneiras eu poderia ser considerado um idiota.

Pensei em reservar um tempo para explicar isso a ela, para deixar as coisas claras com ela, mas parecia muito trabalhoso.

"Olha, está tudo bem. Julian é um bastardo mentiroso com um pau pequeno e eu vou voltar para minha casa para pegar algumas roupas que sirvam. Se você quiser gozar, eu vou te foder na minha cama."

Ela fez isso e eu fiz isso com ela e acho que ela perdeu a virgindade quando gozou enquanto eu ainda estava dentro dela.

Não sei, são em noites como esta que mais penso na Nancy.

Ela nunca perdeu o jeito de vadia , mas ainda acho que foi triste ter que cuidar dela no dia seguinte.

Fomos de casa em casa do bairro para ver quem sobrou.

Nancy não queria me ouvir para ter cuidado.

Ela correu para a casa do namorado e ele a mordeu.

Bem, isso acontece. Peguei as cabeças dos dois.

Primeiro o namorado e depois, depois que ela se converteu, para Nancy.

Mas foi assim que conheci Cristy Walker, a irmã um pouco mais velha do namorado de Nancy.

Cristy estava escondida em seu quarto com a porta fechada para seu irmão.

Ele ouviu vozes, mortes e finalmente eu me despedindo de Nancy.

"Olá?" ele gritou de seu quarto. "Quem está falando?"

"Sou eu", respondi, me apresentando. "É seguro agora."

"Existem zumbis", ele gritou.

"Eu sei."

"Você já sabe como fazer isso? Você os matou?"

"Eles estão mortos de novo", prometi.

"Eu realmente preciso fazer xixi", disse ele, abrindo a porta e correndo pelo corredor até o banheiro.

Ela não fechou a porta do banheiro.

Eu não olhei.

Parecia rude.

"Quem é você mesmo?"

"Eu moro no quarteirão abaixo."

"Você é o cara esquisito que corta melancias com uma espada?"

"Sim, sou eu."

Cristy corou e voltou para o corredor.

Ela estava vestindo calcinha e camiseta.

Ela viu as pernas do irmão e de Nancy.

O resto deles estava dentro da outra sala.

Cristy me abraçou e me deu um beijo enorme.

"Obrigada", ela disse.

Acho que ele estava olhando para os seios dela pelo que disse a seguir.

"Mantenha-me seguro e esses são seus", disse ele e beijou minha bochecha. "Essas e todas as outras partes de mim."

Como eu disse, não há nada como o apocalipse zumbi para pegar garotas.

FIM

99